날개

이음문고

목차

시

소설

시

꽃나무

벌판한복판에 꽃나무하나가있소 근처에는 꽃나무가 하나도없소 꽃나무는제가생각하는꽃나무를 열심으로 생각하는것처럼 열심으로꽃을피워가지고섰소. 꽃나무는제가생각하는꽃나무에게갈수없소 나는막달아났소 한꽃나무를위하야 그러는것처럼 나는참그런이상스러운숭내를내였소.

『가톨닉청년』, 1933.7.

위독

절벽

꽃이보이지않는다. 꽃이향기롭다. 향기가만개한다. 나는거기묘혈을판다. 묘혈도보이지않는다. 보이지않는묘혈속에나는들어앉는다. 나는눕는다. 또꽃이향기롭다. 꽃은보이지않는다. 향기가만개한다. 나는잊어버리고재차거기묘혈을판다. 묘혈은보이지않는다. 보이지않는묘혈로나는꽃을깜빡잊어버리고들어간다. 나는정말눕는다. 아아. 꽃이또향기롭다. 보이지도않는꽃이—보이지도않는꽃이.

『조선일보』, 1936.10.6.

거울

거울속에는소리가없소
저렇게까지조용한세상은참없을것이오

◇

거울속에도 내게 귀가있소
내말을못알아듣는딱한귀가두개나있소

◇

거울속의나는왼손잡이오
내악수를받을줄모르는—악수를모르는왼손잡이오

◇

거울때문에나는거울속의나를만져보지를못하는구료
마는

거울아니였든들내가어찌거울속의나를만나보기만이
라도했겠소

◇

나는지금거울을안가졌소마는거울속에는늘거울속의
내가있소
잘은모르지만외로된사업에골몰할게요

◇

거울속의나는참나와는반대요마는
또꽤닮았소
나는거울속의나를근심하고진찰할수없으니퍽섭섭하오

『가톨닉청년』, 1933.10.

시제1호

13인의아해가도로로질주하오.
(길은막다른골목이적당하오.)

제1의아해가무섭다고그리오.
제2의아해도무섭다고그리오.
제3의아해도무섭다고그리오.
제4의아해도무섭다고그리오.
제5의아해도무섭다고그리오.
제6의아해도무섭다고그리오.
제7의아해도무섭다고그리오.
제8의아해도무섭다고그리오.
제9의아해도무섭다고그리오.
제10의아해도무섭다고그리오.

제11의아해가무섭다고그리오.

제12의아해도무섭다고그리오.
제13의아해도무섭다고그리오.
13인의아해는무서운아해와무서워하는아해와그렇게뿐이모였소.(다른사정은없는것이차라리나았소)

그중에1인의아해가무서운아해라도좋소.
그중에2인의아해가무서운아해라도좋소.
그중에2인의아해가무서워하는아해라도좋소.
그중에1인의아해가무서워하는아해라도좋소.

(길은뚫린골목이라도적당하오.)
13인의아해가도로로질주하지아니하야도좋소.

『조선중앙일보』, 1934.7.24.

오감도

시제2호

나의아버지가나의곁에서조을적에나는나의아버지가
되고또나는나의아버지의아버지가되고그런데도나의
아버지는나의아버지대로나의아버지인데어쩌자고나
는자꾸나의아버지의아버지의아버지의……아버지가
되니나는왜나의아버지를껑충뛰어넘어야하는지나는
왜드디어나와나의아버지와나의아버지의아버지와나
의아버지의아버지의아버지노릇을한꺼번에하면서살
아야하는것이냐

『조선중앙일보』, 1934.7.25.

오감도

시제10호 나비

찢어진벽지에죽어가는나비를본다. 그것은유계[1]에낙역[2]되는비밀한통화구다. 어느날거울가운데의수염에죽어가는나비를본다. 날개축처어진나비는입김에어리는가난한이슬을먹는다. 통화구를손바닥으로꼭막으면서내가죽으면앉었다일어서듯키나비도날아가리라. 이런말이결코밖으로새여나가지는않게한다.

『조선중앙일보』, 1934.8.3.

1. 저승.
2. 왕래가 끊이지 않음.

오감도

시제11호

그사기컵은내해골과흡사하다. 내가그컵을손으로꼭쥐였을때내팔에서는난데없는팔하나가접목처럼돋치드니그팔에달린손은그사기컵을번적들어마룻바닥에메여부딪는다. 내팔은그사기컵을사수하고있으니산산이깨어진것은그럼그사기컵과흡사한내해골이다. 가지났든팔은배암과같이내팔로기어들기전에내팔이혹움즉였든들홍수를막은백지는찢어졌으리라. 그러나내팔은여전히그사기컵을사수한다.

『조선중앙일보』, 1934.8.4.

오감도

시제12호

때묻은빨래조각이한뭉탱이공중으로날아떨어진다. 그것은흰비닭이[1]의떼다. 이손바닥만한한조각하늘저편에전쟁이끝나고평화가왔다는선전이다. 한무더기비닭이의떼가깃에묻은때를씻는다. 이손바닥만한하늘이편에방맹이로흰비닭이의떼를때려죽이는불결한전쟁이시작된다. 공기에숯검정이가지저분하게묻으면흰비닭이의떼는또한번이손바닥만한하늘저편으로날아간다.

『조선중앙일보』, 1934.8.4.

1. 비둘기.

오감도

시제13호

내팔이면도칼을 든채로끊어져떨어졌다. 자세히보면 무엇에몹시 위협당하는것처럼새파랗다. 이렇게하야 잃어버린내두개팔을나는 촉대세음으로내 방안에장식 하야놓았다. 팔은죽어서도 오히려나에게겁을내이는 것만같다. 나는이런얇다란예의를화초분보다도사랑스 레여긴다.

『조선중앙일보』, 1934.8.7.

오감도

시제14호

고성앞풀밭이있고풀밭우에나는내모자를벗어놓았다.

성우에서나는내기억에꽤무거운돌을매여달아서는내힘과거리껏팔매질쳤다. 포물선을역행하는역사의슬픈울음소리. 문득성밑내모자곁에한사람의걸인이장승과같이서있는것을나려다보았다. 걸인은성밑에서오히려내우에있다. 혹은종합된역사의망령인가. 공중을향하야놓인내모자의깊이는절박한하늘을부른다. 별안간걸인은표표한풍채를허리굽혀한개의돌을내모자속에치뜨려넣는다. 나는벌써기절하얐다. 심장이두개골속으로옮겨가는지도가보인다. 싸늘한손이내이마에닿는다. 내이마에는싸늘한손자옥이낙인되여언제까지지워지지않았다.

『조선중앙일보』, 1934.8.7.

시제15호

1

나는거울없는실내에있다. 거울속의나는역시외출중이다. 나는지금거울속의나를무서워하며떨고있다. 거울속의나는어디가서나를어떻게하랴는음모를하는중일까.

2

죄를품고식은침상에서잤다. 확실한내꿈에나는결석하얐고의족을담은 군용장화가내꿈의 백지를더럽혀놓았다.

3

나는거울있는실내로몰래들어간다. 나를거울에서해방하려고. 그러나거울속의나는침울한얼골로동시에 꼭들어온다. 거울속의나는내게미안한뜻을전한다. 내가그때문에영어[1]되어있듯키그도나때문에영어되여떨고있다.

4

내가결석한나의꿈. 내위조가등장하지않는내거울. 무능이라도좋은나의고독의갈망자다. 나는드디어거울속의나에게자살을권유하기로결심하얐다. 나는그에게시야도없는들창을가리키었다. 그들창은자살만을위한들창이다. 그러나내가자살하지아니하면그가자살할수없음을그는내게가르친다. 거울속의나는불사조에가깝다.

1. 감옥. 갇혀있다는 의미로 쓰임.

5

내왼편가슴심장의위치를방탄금속으로엄폐하고나는거울속의내왼편가슴을겨누어권총을발사하얏다. 탄환은그의왼편가슴을관통하얏으나 그의심장은바른편에있다.

6

모형심장에서붉은잉크가엎즐러졌다. 내가지각한내꿈에서나는극형을받았다. 내꿈을지배하는자는내가아니다. 악수할수조차없는두사람을봉쇄한거대한죄가있다.

『조선중앙일보』, 1934.8.8.

이런시

역사[1]를하노라고 땅을파다가 커다란돌을하나 끄집어내여놓고보니 도모지어데서인가 본듯한생각이들게 모양이생겼는데 목도들이 그것을메고나가드니 어데다갖다버리고온모양이길래 쫓아나가보니 위험하기짝이없는큰길가드라.

그날밤에 한소나기하얐으니 필시그돌이깨끗이씻겼을터인데 그이튿날가보니까 변괴로다 간데온데없드라. 어떤돌이와서 그돌을업어갔을까 나는참이런처량한생각에서 아래와같은작문을지였도다.

「내가 그다지 사랑하든 그대여 내한평생에 차마 그대를 잊을수없소이다. 내차례에 못올사랑인줄은 알면서도 나혼자는 꾸준히생각하리다. 자그러면 내내어여쁘소서」

어떤돌이 내얼골을 물끄러미 치여다보는것만같아서 이런시는 그만찢어버리고싶드라.

1. 토목이나 건축 따위의 공사.

『가톨닉청년』, 1933.7.

위독

침몰

죽고싶은마음이칼을찾는다. 칼은날이접혀서펴지지않으니날을노호[1]하는초조가절벽에끈치려든다. 억지로이것을안에떼밀어놓고또간곡히참으면어느결에날이어디를건드렸나보다. 내출혈이뻑뻑해온다. 그러나피부에생채기를얻을길이없으니악령나갈문이없다. 갇힌자수[2]로하야체중은점점무겁다.

『조선일보』, 1936.10.4.

1. 성내어 소리를 지름. 바람이나 파도 따위가 세찬 소리를 냄.
2. 自殊, 자살.

역단

가정

문을암만잡아다녀도안열리는것은안에생활이모자라는까닭이다. 밤이사나운꾸즈람으로나를조른다. 나는우리집내문패앞에서여간성가신게아니다. 나는밤속에들어서서제웅처럼자꾸만감減해간다[1]. 식구야봉한창호어데라도한구석터놓아다고내가수입되여들어가야하지않나. 지붕에서리가나리고뾰족한데는침처럼월광이묻었다. 우리집이앓나보다그러고누가힘에겨운도장을찍나보다. 수명을헐어서전당잡히나보다. 나는그냥문고리에쇠사슬늘어지듯매여달렸다. 문을열려고안열리는문을열려고.

『가톨닉청년』, 1936.2.

1. 줄어들다.

지비[1]

내키는커서다리는길고왼다리아프고아내키는적어서다리는짧고바른다리가아프니내바른다리와아내왼다리와성한다리끼리한사람처럼걸어가면아아이부부는부축할수없는절름발이가되어버린다무사한세상이병원이고꼭치료를기다리는무병이끝끝내있다

『조선중앙일보』, 1935.9.15.

1. 紙碑, 종이로 만든 비.

지비

- 어디갔는지모르는아내 -

○ 지비 1

아내는 아츰이면 외출한다 그날에 해당한 한남자를 속이려가는것이다 순서야 바뀌어도 하로에한남자이상은 대우하지않는다고 아내는말한다 오늘이야말로 정말돌아오지않으려나보다하고 내가 완전히 절망하고나면 화장은있고 인상은없는얼골로 아내는 형용처럼 간단히돌아온다 나는 물어보면 아내는 모두솔직히 이야기한다 나는 아내의일기에 만일 아내가나를 속이려들었을때 함직한속기를 남편된자격밖에서 민첩하게대서한다

○ 지비 2

아내는 정말 조류였든가보다 아내가 그렇게 수척하고 거벼워졌는데도 날지못한것은 그손가락에 낑기웠던 반지때문이다 오후에는 늘 분을바를때 벽한겹

걸러서 나는 조롱[1]을 느낀다 얼마안가서 없어질때까지 그 파르스레한주둥이로 한번도 쌀알을 쪼으려들지않았다 또 가끔 미닫이를열고 창공을 쳐다보면서도 고흔목소리로 지저귀려들지않았다 아내는 날을줄과 죽을줄이나 알았지 지상에 발자죽을 남기지않았다 비밀한발을 늘버선신고 남에게 안보이다가 어느날 정말 아내는 없어졌다 그제야 처음방안에 조분[2]내음새가 풍기고 날개퍼덕이든 상처가 도배우에 은근하다 헤트러진 깃부스러기를 쓸어모으면서 나는 세상에도 이상스러운것을얻었다 산탄 아아아내는 조류이면서 염체 닻과같은쇠를삼켰드라그리고 주저앉었었드라 산탄은 녹슬었고 솜털내음새도 나고 천근무게드라 아아

1. 새장.
2. 새의 똥.

○ 지비 3

이방에는 문패가없다 개는이번에는 저쪽을 향하야 짖는다 조소와같이 아내의벗어놓은 버선이 나같은공복을표정하면서 곧걸어갈것같다 나는 이방을 첩첩이 닫치고 출타한다 그제야 개는 이쪽을향하여 마즈막으로 슬프게 짖는다

『중앙』, 1936.1.

위독

추구

아내를즐겁게할조건들이틈입하지못하도록나는창호를닫고밤낮으로꿈자리가사나워서나는가위를눌린다어둠속에서무슨내음새의꼬리를체포하야단서로내집내미답의흔적을추구한다. 아내는외출에서돌아오면방에들어서기전에세수를한다. 닮아온여러벌표정을벗어버리는추행이다. 나는드디어한조각독한비누를발견하고그것을내허위뒤에다살짝감춰버렸다. 그리고이번꿈자리를예기한다.

『조선일보』, 1936.10.4.

가구[1]의 추위

- 1933, 2월 17일의 실내의 건 -

네온사인은 색소폰과 같이 수척하여있다.

파리한 정맥을 절단하니 새빨간 동맥이었다.

—그것은 파리한 동맥이었기 때문이다-

—아니! 새빨간 동맥이라도 저렇게 피부에 매몰되어있는 한……

보라! 네온사인인들 저렇게 가만히 있는 것 같아 보여도 실은 부단히 네온 가스가 흐르고 있는 게란다.

—폐병쟁이가 색소폰을 불었더니 위험한 혈액이 체온계처럼

—실은 부단히 수명이 흐르고 있는 게란다

『이상전집』 제2권 시집, 1956(미발표 일본어 원고).

1. 길거리.

명경[1]

여기 한페—지 거울이있으니
잊은계절에서는
얹은머리가 폭포처럼내리우고

울어도 젖지않고
맞대고 웃어도 휘지않고
장미처럼 착착 접힌
귀
들여다보아도 들여다 보아도
조용한세상이 맑기만하고
코로는 피로한 향기가 오지 않는다.

만적 만적하는대로 수심이평행하는
부러 그러는것같은 거절
우右편으로 옮겨앉은 심장일망정 고동이

1. 매우 맑은 거울.

없으란법 없으니

설마 그러랴? 어디촉진[2]……
하고 손이갈때 지문이지문을 가로막으며
선뜩하는 차단뿐이다.

오월이면 하로 한번이고
열번이고 외출하고 싶어하드니
나갔든길에 안돌아오는수도있는법

거울이 책장같으면 한장 넘겨서
맞섰던 계절을 만나련만
여기있는 한페—지
거울은 페—지의 그냥표지—

『여성』, 1936.5.

2. 환자의 몸을 손으로 만져서 진단하는 일.

역단

아츰

캄캄한공기를마시면폐에해롭다. 폐벽에끄름이앉는다. 밤새도록나는옴살을앓는다. 밤은참많기도하드라. 실어내가기도하고실어들여오기도하고하다가잊어버리고새벽이된다. 폐에도아츰이켜진다. 밤사이에무엇이없어졌나살펴본다. 습관이도로와있다. 다만내치사[1]한책이여러장찢겼다 초췌한결론우에아츰햇살이자세히적힌다. 영원히그코없는밤은오지않을듯이.

『가톨닉청년』, 1936.2.

1. '사치'를 거꾸로 쓴 것.

1933, 6, 1

천칭우에서 삼십년동안이나 살아온사람 (어떤과학자) 삼십만개나넘는 별을 다헤여놓고만 사람 (역시) 인간칠십 아니이십사년동안이나 뻔뻔히살아온사람 (나)

나는 그날 나의자서전에 자필의부고를 삽입하였다 이후나의육신은 그런고향에는있지않았다 나는 자신나의시가 차압당하는꼴을 목도하기는 차마 어려웠기때문에.

『가톨닉청년』, 1933.7.

최후

사과 한 알이 떨어졌다. 지구는 부서질 정도로 아팠다. 최후.
이미 어떠한 정신도 발아하지 아니한다.

『이상전집』 제2권 시집, 1956(미발표 일본어 원고).

수인이 만든 소정원

이슬을 알지 못하는 달리아하고 바다를 알지 못하는 금붕어하고가 수놓여있다. 수인[1]이 만든 소정원이다. 구름은 어이하여 방 속으로 들어오지 아니하는가. 이슬은 들창 유리에 닿아 벌써 울고 있을 뿐.
계절의 순서도 끝남이로다. 주판알의 고저는 여비와 일치하지 아니한다. 죄를 내버리고 싶다. 죄를 내던지고 싶다.

『이상전집』 제2권 시집, 1956(미발표 일본어 원고).

1. 옥에 갇힌 사람.

청령

건드리면 손끝에 묻을 듯이 빨간 봉선화
너울너울 하마[1] 날아오를 듯 하얀 봉선화
그리고 어느 틈엔가 남南으로 고개를 돌리는 듯한 일
편단심의 해바라기—
이런 꽃으로 꾸며졌다는 고흐의 무덤은 참 얼마나 아
름다우리까.

산은 맑은 날 바라보아도
비에 젖은 듯 보얗습니다.

포플러는 마을의 지표와도 같이
실바람에도 그 뽑은 듯 헌칠한 키를
포물선으로 굽혀가면서 진공과 같이 말간 대기 속에서
원경을 축소하고 있습니다.

1. 벌써.

몸과 나래도 가벼운 듯이 잠자리가 날고 있습니다.
한데 그것은 과연 날고 있는 걸까요.
흡사 진공 속에서라도 날 법한데
혹 누가 눈에 보이지 않는 줄을 이리저리 당기는 것이나 아니겠나요.

김소운 편, 『乳色の雲』, 1940.

목장

송아지는 저마다
먼산바라기

할말이 있는데두
고개 숙이구
입을 다물구

새김질 싸각싸각
하다 멈추다

그래두 어머니가
못잊어라구
못잊어라구

가다가 엄매—
놀다가두 엄매—

산에 둥실
구름이가구
구름이오구

송아지는 영 영
먼산바라기

『가톨릭소년』, 1936.5.

척각[1]

목발의 길이도 세월과 더불어 점점 길어져 갔다.
신어보지도 못한 채 산적해가는 외짝 구두의 수효를
보면 슬프게 걸어온 거리가 짐작되었다.
종시 저 자신은 지상의 수목의 다음가는 것이라고 생
각하였다.

『이상전집』 제2권 시집, 1956(미발표 일본어 원고).

1. 외다리.

육친의 장

나는 이십사 세. 어머니는 바로 이 나이에 나를 낳은 것이다. 성 세바스티아누스처럼 아름다운 동생 · 로자 룩셈부르크의 목상을 닮은 막냇누이 · 어머니는 우리들 세 사람에게 잉태 분만의 고락을 말해주었다. 나는 세 사람을 대표하여—드디어—

어머니 우린 좀 더 형제가 있었으면 싶었답니다

—드디어 어머니는 동생 버금으로 잉태하자 육 개월로써 유산한 전말을 고했다.

그 녀석은 사내 됐는데 올해는 열아홉(어머니의 한숨)

세 사람은 서로들 알지 못하는 형제의 환영을 그려보았다. 이만큼이나 컸지—하고 형용하는 어머니의 팔목과 주먹은 수척하여있다. 두 번씩이나 객혈을 한 내가 냉청을 극하고 있는 가족을 위하여 빨리 아내를 맞아야겠다고 초조한 마음이었다. 나는 이십사 세 나도 어머니가 나를 낳듯 무엇인가를 낳아야겠다고 생각하는 것이었다.

『이상전집』 제2권 시집, 1956(미발표 일본어 원고).

I WED A TOY BRIDE

1 밤

장난감신부살결에서 이따금 우유내음새가 나기도한다. 머(ㄹ)지아니하야 아기를낳으려나보다. 촛불을끄고 나는 장난감신부귀에다대이고 꾸즈람처럼 속삭여본다.

「그대는 꼭 갓난아기와같다」고…………

장난감신부는 어둔데도 성을내이고대답한다.

「목장까지 산보갔다왔답니다」

장난감신부는 낮에 색색이풍경을암송해가지고온것인지도모른다. 내수첩처럼 내가슴안에서 따근따근하다. 이렇게 영양분내를 코로맡기만하니까 나는 자꾸 수척해간다.

2 밤

장난감신부에게 내가 바늘을주면 장난감신부는 아모것이나 막 찌른다. 일력. 시집. 시계. 또 내몸 내 경험이들어앉어있음직한곳.

이것은 장난감신부마음속에 가시가 돋아있는증거다.

즉 장미꽃 처럼...........

내 거벼운무장에서 피가좀난다. 나는 이 생채기를고치기위하야 날만어두면 어둔속에서 싱싱한밀감을먹는다. 몸에 반지밖에가지지않은 장난감신부는 어둠을 커－튼열듯하면서 나를찾는다. 얼른 나는 들킨다.

반지가살에닿는것을 나는 바늘로잘못알고 아파한다.

촛불을켜고 장난감신부가 밀감을찾는다.

나는 아파하지않고 모른체한다.

『삼사문학』, 1936.10.

·소·영·위·제·

1

달빛속에있는네얼골앞에서내얼골은한장얇은피부가되
여너를칭찬하는내말씀이발음하지아니하고미닫이를간
즐으는한숨처럼동백꽃밭내음새지니고있는네머리털속
으로기여들면서모심듯키내설움을하나하나심어가네나

2

진흙밭헤매일적에네구두뒤축이눌러놓는자욱에비나려
가득고였으니이는온갖네거짓말네농담에한없이고단한
이설움을곡으로울기전에따에놓아하늘에부어놓는내억
울한술잔네발자욱이진흙밭을헤매이며헛뜨려놓음이냐

3

달빛이내등에묻은거적자욱에앉으면내그림자에는실고추같은피가아물거리고대신혈관에는달빛에놀래인냉수가방울방울젖기로니너는내벽돌을씹어삼킨원통하게배고파이지러진헝겊심장을들여다보면서어항이라하느냐

『중앙』, 1934.9.

소설

날개

'박제가 되어버린 천재'를 아시오? 나는 유쾌하오. 이런 때 연애까지가 유쾌하오.

육신이 흐느적흐느적하도록 피로했을 때만 정신이 은화처럼 맑소. 니코틴이 내 횟배 앓는 배 속으로 스미면 머릿속에 으레 백지가 준비되는 법이오. 그 위에다 나는 위트와 패러독스를 바둑 포석처럼 늘어놓소. 가공할 상식의 병이오.

나는 또 여인과 생활을 설계하오. 연애 기법에마저 서먹서먹해진, 지성의 극치를 흘낏 좀 들여다본 일이 있는, 말하자면 일종의 정신분일자 말이오.

이런 여인의 반—그것은 온갖 것의 반이오—만을 영수하는 생활을 설계한다는 말이오. 그런 생활 속에 한 발만 들여놓고 흡사 두 개의 태양처럼 마주쳐다보면서 낄낄거리는 것이오. 나는 아마 어지간히 인생의 제행이 싱거워서 견딜 수가 없게쯤 되고 그만둔 모양이오. 굿바이.

굿바이. 그대는 이따금 그대가 제일 싫어하는 음식을 탐식하는 아이러니를 실천해보는 것도 좋을 것 같소. 위트와 패러독스와…………

그대 자신을 위조하는 것도 할 만한 일이오. 그대의 작품은 한 번도 본 일이 없는 기성품에 의하여 차라리 경편하고 고매하리다.

19세기는 될 수 있거든 봉쇄하여버리오. 도스토옙스키 정신이란 자칫하면 낭비인 것 같소, 위고를 불란서의 빵 한 조각이라고는 누가 그랬는지 지언인 듯싶소. 그러나 인생 혹은 그 모형에 있어서 디테일 때문에 속는다거나 해서야 되겠소? 화를 보지 마오. 부디 그대께 고하는 것이니…………

(테이프가 끊어지면 피가 나오. 생채기도 머지않아 완치될 줄 믿소. 굿바이.)

감정은 어떤 포즈. (그 포즈의 소[1]만을 지적하는 것이 아닌지나 모르겠소.) 그 포즈가 부동자세에까지 고도화할 때 감정은 딱 공급을 정지합니다.

나는 내 비범한 발육을 회고하여 세상을 보는 안목을 규정하였소.

여왕봉과 미망인—세상의 하고많은 여인이 본질적으로 이미 미망인 아닌 이가 있으리까? 아니! 여인의 전부가 그 일상에 있어서 개개 '미망인'이라는 내 논리가 뜻밖에도 여성에 대한 모독이 되오? 굿바이.

그 33번지라는 것이 구조가 흡사 유곽이라는 느낌이 없지 않다. 한 번지에 18가구가 죽— 어깨를 맞대고 늘어서서 창호가 똑같고 아궁이 모양이 똑같다. 게다가 각 가구에 사는 사람들이 송이송이 꽃과 같이 젊다. 해가 들지 않는다. 해가 드는 것을 그들이 모른 체하는 까닭이다. 턱살 밑에다 철 줄을 매고 얼룩진 이부자리를 널어 말린다는 핑계로 미닫이에 해가 드는 것을 막아버린다. 침침한 방 안에서 낮잠들을 잔다.

1. 꾸미거나 덧붙이지 아니한 본래의 모습.

그들은 밤에는 잠을 자지 않나? 알 수 없다. 나는 밤이나 낮이나 잠만 자느라고 그런 것은 알 길이 없다. 33번지 18가구의 낮은 참 조용하다.

조용한 것은 낮뿐이다. 어둑어둑하면 그들은 이부자리를 걷어 들인다. 전등불이 켜진 뒤의 18가구는 낮보다 훨씬 화려하다. 저물도록 미닫이 여닫는 소리가 잦다. 바빠진다. 여러 가지 냄새가 나기 시작한다. 비웃 굽는 내, 탕고도란[2] 내, 뜨물 내, 비누 내……….

그러나 이런 것들보다도 그들의 문패가 제일로 고개를 끄떡이게 하는 것이다. 이 18가구를 대표하는 대문이라는 것이 일각이 져서 외따로 떨어지기는 했으나 있다. 그러나 그것은 한 번도 닫힌 일이 없는, 한길[3]이나 마찬가지 대문인 것이다. 온갖 장사치들은 하루 가운데 어느 시간에라도 이 대문을 통하여 드나들 수가 있는 것이다. 이네들은 문간에서 두부를 사는 것이 아니라 미닫이만 열고 방에서 두부를 사는 것이다. 이렇게 생긴 33번지 대문에 그들 18가구의 문패를

2. 1930년대 사용되던 화장품.
3. 사람이나 차가 많이 다니는 넓은 길.

몰아다 붙이는 것은 의미가 없다. 그들은 어느 사이엔가 각 미닫이 위 백인당이니 길상당이니 써 붙인 한 곁에다 문패를 붙이는 풍속을 가져버렸다.

내 방 미닫이 위 한 곁에 칼표 딱지를 넷 에다낸[4] 것만 한 내—아니! 내 아내의 명함이 붙어있는 것도 이 풍속을 좇은 것이 아닐 수 없다.

나는 그러나 그들의 아무와도 놀지 않는다. 놀지 않을 뿐만 아니라 인사도 않는다. 나는 내 아내와 인사하는 외에 누구와도 인사하고 싶지 않았다.

내 아내 외의 다른 사람과 인사를 하거나 놀거나 하는 것은 내 아내 낯을 보아 좋지 않은 일인 것만같이 생각이 들었기 때문이다. 나는 이만큼까지 내 아내를 소중히 생각한 것이다.

내가 이렇게까지 내 아내를 소중히 생각한 까닭은 이 33번지 18가구 가운데 내 아내가 내 아내의 명함처럼 제일 작고 제일 아름다운 것을 안 까닭이다. 18가구에 각기 별러 든 송이송이 꽃들 가운데서도 내

4. 칼 따위로 도려내듯 베다.

아내는 특히 아름다운 한 떨기의 꽃으로 이 함석지붕 밑 볕 안 드는 지역에서 어디까지든지 찬란하였다. 따라서 그런 한 떨기 꽃을 지키고—아니 그 꽃에 매어달려 사는 나라는 존재가 도무지 형언할 수 없는 거북살스러운 존재가 아닐 수 없었던 것은 물론이다.

나는 어디까지든지 내 방이—집이 아니다. 집은 없다—마음에 들었다. 방 안의 기온은 내 체온을 위하여 쾌적하였고, 방 안의 침침한 정도가 또한 내 안력을 위하여 쾌적하였다. 나는 내 방 이상의 서늘한 방도 또 따뜻한 방도 희망하지는 않았다. 이 이상으로 밝거나 이 이상으로 아늑한 방을 원하지 않았다. 내 방은 나 하나를 위하여 요만한 정도를 꾸준히 지키는 것 같아 늘 내 방이 감사하였고 나는 또 이런 방을 위하여 이 세상에 태어난 것만 같아서 즐거웠다.

그러나 이것은 행복이라든가 불행이라든가 하는 것을 계산하는 것은 아니었다. 말하자면 나는 내가 행복되다고도 생각할 필요가 없었고 그렇다고 불행하다고도 생각할 필요가 없었다. 그냥 그날그날을 그저 까닭

없이 펀둥펀둥 게으르고만 있으면 만사는 그만이었던 것이다.

내 몸과 마음에 옷처럼 잘 맞는 방 속에서 뒹굴면서 축 처져있는 것은 행복이니 불행이니 하는 그런 세속적인 계산을 떠난 가장 편리하고 안일한 말하자면 절대적인 상태인 것이다. 나는 이런 상태가 좋았다.

이 절대적인 내 방은 대문간에서 세어서 똑— 일곱째 칸이다. 러키세븐의 뜻이 없지 않다. 나는 이 일곱이라는 숫자를 훈장처럼 사랑하였다. 이런 이 방이 가운데 장지로 말미암아 두 칸으로 나뉘어있었다는 그것이 내 운명의 상징이었던 것을 누가 알랴?

아랫방은 그래도 해가 든다. 아침결에 책보만 한 해가 들었다가 오후에 손수건만 해지면서 나가버린다. 해가 영영 들지 않는 윗방이 즉 내 방인 것은 말할 것도 없다. 이렇게 볕 드는 방이 아내 방이요, 볕 안 드는 방이 내 방이오, 하고 아내와 나 둘 중에 누가 정했는지 나는 기억하지 못한다. 그러나 나에게는 불평이 없다.

아내가 외출만 하면 나는 얼른 아랫방으로 와서 그

동쪽으로 난 들창을 열어놓고 열어놓으면 들이비치는 볕살이 아내의 화장대를 비춰 가지각색 병들이 아롱이 지면서 찬란하게 빛나고 이렇게 빛나는 것을 보는 것은 다시없는 내 오락이다. 나는 조그만 '돋보기'를 꺼내가지고 아내만이 사용하는 지리가미[5]를 그슬려가면서 불장난을 하고 논다. 평행 광선을 굴절시켜서 한 초점에 모아가지고 그 초점이 따끈따끈해지다가 마지막에는 종이를 그슬리기 시작하고 가느다란 연기를 내면서 드디어 구멍을 뚫어놓는 데까지에 이르는 고 얼마 안 되는 동안의 초조한 맛이 죽고 싶을 만치 내게는 재미있었다.

이 장난이 싫증이 나면 나는 또 아내의 손잡이 거울을 가지고 여러 가지로 논다. 거울이란 제 얼굴을 비출 때만 실용품이다. 그 외의 경우에는 도무지 장난감인 것이다.

이 장난도 곧 싫증이 난다. 나의 유희심은 육체적인 데서 정신적인 데로 비약한다. 나는 거울을 내던지고 아내의 화장대 앞으로 가까이 가서 나란히 늘어

5. 휴지.

놓인 그 가지각색의 화장품 병들을 들여다본다. 고것들은 세상의 무엇보다도 매력적이다. 나는 그중의 하나만을 골라서 가만히 마개를 빼고 병 구멍을 내 코에 가져다 대고 숨죽이듯이 가벼운 호흡을 하여 본다. 이국적인 센슈얼한 향기가 폐로 스며들면 나는 저절로 스르르 감기는 내 눈을 느낀다. 확실히 아내의 체취의 파편이다. 나는 도로 병마개를 막고 생각해본다. 아내의 어느 부분에서 요 냄새가 났던가를…. 그러나 그것은 분명치 않다. 왜? 아내의 체취는 요기 늘어서 있는 가지각색 향기의 합계일 것이니까.

아내의 방은 늘 화려하였다. 내 방이 벽에 못 한 개 꽂히지 않은 소박한 것인 반대로 아내 방에는 천장 밑으로 쫙 돌려 못이 박히고 못마다 화려한 아내의 치마와 저고리가 걸렸다. 여러 가지 무늬가 보기 좋다. 나는 그 여러 조각의 치마에서 늘 아내의 동체와 그 동체가 될 수 있는 여러 가지 포즈를 연상하고 연상하면서 내 마음은 늘 점잖지 못하다.

그렇건만 나에게는 옷이 없었다. 아내는 내게는

옷을 주지 않았다. 입고 있는 코르덴 양복 한 벌이 내 자리옷이었고 통상복과 나들이옷을 겸한 것이었다. 그리고 하이넥의 스웨터가 한 조각 사철을 통한 내 내의다. 그것들은 하나같이 다 빛이 검다. 그것은 내 짐작 같아서는 즉 빨래를 될 수 있는 데까지 하지 않아도 보기 싫지 않도록 하기 위한 것이 아닌가 한다. 나는 허리와 두 가랑이 세 군데 다— 고무 밴드가 끼여 있는 부드러운 사루마다[6]를 입고 그리고 아무 소리 없이 잘 놀았다.

어느덧 손수건만 해졌던 볕이 나갔는데 아내는 외출에서 돌아오지 않는다. 나는 요만 일에도 좀 피곤하였고 또 아내가 돌아오기 전에 내 방으로 가있어야 될 것을 생각하고 그만 내 방으로 건너간다. 내 방은 침침하다. 나는 이불을 뒤집어쓰고 낮잠을 잔다. 한 번도 걷은 일이 없는 내 이부자리는 내 몸뚱이의 일부분처럼 내게는 참 반갑다. 잠은 잘 오는 적도 있다. 그러나 또 전신이 까칫까칫하면서 영 잠이 오지 않는

6. 남자 속옷의 일종.

적도 있다. 그런 때는 아무 제목으로나 제목을 하나 골라서 연구하였다. 나는 내 좀 축축한 이불 속에서 참 여러 가지 발명도 하였고 논문도 많이 썼다. 시도 많이 지었다. 그러나 그것들은 내가 잠이 드는 것과 동시에 내 방에 담겨서 철철 넘치는 그 흐늑흐늑한 공기에 다— 비누처럼 풀어져서 온데 간데가 없고, 한잠 자고 깬 나는 속이 무명 헝겊이나 메밀껍질로 띵띵 찬 한 덩어리 베개와도 같은 한 벌 신경이었을 뿐이고 뿐이고 하였다.

그렇기에 나는 빈대가 무엇보다도 싫었다. 그러나 내 방에서는 겨울에도 몇 마리씩의 빈대가 끊이지 않고 나왔다. 내게 근심이 있었다면 오직 이 빈대를 미워하는 근심일 것이다. 나는 빈대에게 물려서 가려운 자리를 피가 나도록 긁었다. 쓰라리다. 그것은 그윽한 쾌감에 틀림없었다. 나는 혼곤히 잠이 든다.

나는 그러나 그런 이불 속의 사색 생활에서도 적극적인 것을 궁리하는 법이 없다. 내게는 그럴 필요가 대체 없었다. 만일 내가 그런 좀 적극적인 것을 궁리해내었을 경우에 나는 반드시 내 아내와 의논하여야

할 것이고 그러면 반드시 나는 아내에게 꾸지람을 들을 것이고—나는 꾸지람이 무서웠다느니보다도 성가셨다. 내가 제법 한 사람의 사회인의 자격으로 일을 해 보는 것도, 아내에게 사설 듣는 것도.

나는 가장 게으른 동물처럼 게으른 것이 좋았다. 될 수만 있으면 이 무의미한 인간의 탈을 벗어버리고도 싶었다.

나에게는 인간 사회가 스스러웠다[7]. 생활이 스스러웠다. 모두가 서먹서먹할 뿐이었다.

아내는 하루에 두 번 세수를 한다. 나는 하루 한 번도 세수를 하지 않는다. 나는 밤중 세 시나 네 시 해서 변소에 갔다. 달이 밝은 밤에는 한참씩 마당에 우두커니 섰다가 들어오곤 한다. 그러니까 나는 이 18가구의 아무와도 얼굴이 마주치는 일이 거의 없다. 그러면서도 나는 이 18가구의 젊은 여인네 얼굴들을 거반 다 기억하고 있었다. 그들은 하나같이 내 아내만 못하였다.

7. 서로 사귀는 정분이 두텁지 않아 조심스럽다. 수줍고 부끄럽다.

열한 시쯤 해서 하는 아내의 첫 번 세수는 좀 간단하다. 그러나 저녁 일곱 시쯤 해서 하는 두 번째 세수는 손이 많이 간다. 아내는 낮에보다도 밤에 더 좋고 깨끗한 옷을 입는다. 그리고 낮에도 외출하고 밤에도 외출하였다.

아내에게 직업이 있었던가? 나는 아내의 직업이 무엇인지 알 수 없다. 만일 아내에게 직업이 없었다면 같이 직업이 없는 나처럼 외출할 필요가 생기지 않을 것인데—아내는 외출한다. 외출할 뿐만 아니라 내객이 많다. 아내에게 내객이 많은 날은 나는 온종일 내 방에서 이불을 쓰고 누워있어야만 된다. 불장난도 못 한다. 화장품 냄새도 못 맡는다. 그런 날은 나는 의식적으로 우울해하였다. 그러면 아내는 나에게 돈을 준다. 50전짜리 은화다. 나는 그것이 좋았다. 그러나 그것을 무엇에 써야 옳을지 몰라서 늘 머리맡에 던져두고 두고 한 것이 어느 결에 모여서 꽤 많아졌다. 어느 날 이것을 본 아내는 금고처럼 생긴 벙어리를 사다 준다. 나는 한 푼씩 한 푼씩 그 속에 넣고 열쇠는 아내가 가져갔다. 그 후에도 나는 더러 은화를 그 벙어리에 넣은 것을 기억한다. 그리고 나는 게을렀다. 얼마 후 아내의 머리 쪽에 보지 못하던 누깔잠[8]이 하나 여드름처럼 돋았던 것은 바로 그 금고형 벙어리의 무게가 가벼워졌다는 증거일까. 그러나 나는 드디어 머리맡에 놓였던 그 벙어리에 손을 대지 않고 말았다. 내 게으름은 그런 것에 내 주의를 환기시키기도 싫었다.

아내에게 내객이 있는 날은 이불 속으로 암만 깊이 들어가도 비 오는 날만큼 잠이 잘 오지는 않았다. 나는 그런 때 아내에게는 왜 늘 돈이 있나 왜 돈이 많은가를 연구했다.

내객들은 장지 저쪽에 내가 있는 것은 모르나 보다. 내 아내와 나도 좀 하기 어려운 농을 아주 서슴지 않고 쉽게 해 내던지는 것이다. 그러나 내 아내를 찾는 이들 가운데 서너 사람의 내객들은 늘 비교적 점잖았다고 볼 수 있는 것이 자정이 좀 지나면 으레 돌아들 갔다. 그들 가운데는 퍽 교양이 옅은 자도 있는 듯싶었는데 그런 자는 보통 음식을 사다 먹고 논다. 그래

8. 비녀의 일종.

서 보충을 하고 대체로 무사하였다.

나는 우선 내 아내의 직업이 무엇인가를 연구하기에 착수하였으나 좁은 시야와 부족한 지식으로는 이것을 알아내기 힘이 든다. 나는 끝끝내 내 아내의 직업이 무엇인가를 모르고 말려나 보다.

아내는 늘 진솔 버선[9]만 신었다. 아내는 밥도 지었다. 아내가 밥 짓는 것을 나는 한 번도 구경한 일은 없으나 언제든지 끼니때면 내 방으로 내 조석 밥을 날라다 주는 것이다. 우리 집에는 나와 내 아내 외에 다른 사람은 아무도 없다. 이 밥은 분명히 아내가 손수 지었음에 틀림없다.

그러나 아내는 한 번도 나를 자기 방으로 부른 일이 없다. 나는 늘 윗방에서 나 혼자서 밥을 먹고 잠을 잤다. 밥은 너무 맛이 없었다. 반찬이 너무 엉성하였다. 나는 닭이나 강아지처럼 말없이 주는 모이를 넙적넙적 받아먹기는 했으나 내심 야속하게 생각한 적도 더러 없지 않다. 나는 안색이 여지없이 창백해가면서 말라 들어갔다. 나날이 눈에 보이듯이 기운이 줄어들었

9. 한 번도 빨지 않은 새것 그대로의 버선.

다. 영양 부족으로 하여 몸뚱이 곳곳이 뼈가 불쑥불쑥 내어밀었다. 하룻밤 사이에도 수십 차를 돌쳐 눕지 않고는 여기저기가 배겨서 나는 배겨낼 수가 없었다.

그렇기 때문에 나는 내 이불 속에서 아내가 늘 흔히 쓸 수 있는 저 돈의 출처를 탐색해보는 일변 장지 틈으로 새어 나오는 아랫방의 음식은 무엇일까를 간단히 연구하였다. 나는 잠이 잘 안 왔다.

깨달았다. 아내가 쓰는 돈은 그 내게는 다만 실없는 사람들로밖에 보이지 않는 까닭 모를 내객들이 놓고 가는 것이 틀림없으리라는 것을 나는 깨달았다. 그러나 왜 그들 내객은 돈을 놓고 가나, 왜 내 아내는 그 돈을 받아야 되나 하는 예의 관념이 내게는 도무지 알 수 없는 것이었다.

그것은 그저 예의에 지나지 않는 것일까. 그렇지 않으면 혹 무슨 대가일까 보수일까. 내 아내가 그들의 눈에는 동정을 받아야만 할 한 가엾은 인물로 보였던가.

이런 것들을 생각하노라면 으레 내 머리는 그냥 혼

란하여버리고 버리고 하였다. 잠들기 전에 획득했다는 결론이 오직 불쾌하다는 것뿐이었으면서도 나는 그런 것을 아내에게 물어보거나 할 일이 참 한 번도 없다. 그것은 대체 귀찮기도 하려니와 한잠 자고 일어나는 나는 사뭇 딴사람처럼 이것도 저것도 다 깨끗이 잊어버리고 그만두는 까닭이다.

내객들이 돌아가고, 혹 밤 외출에서 돌아오고 하면 아내는 경편한 것으로 옷을 바꾸어 입고 내 방으로 나를 찾아온다. 그리고 이불을 들치고 내 귀에는 영 생동생동한 몇 마디 말로 나를 위로하려 든다. 나는 조소도 고소도 홍소도 아닌 웃음을 얼굴에 띠고 아내의 아름다운 얼굴을 쳐다본다. 아내는 방그레 웃는다. 그러나 그 얼굴에 떠도는 일말의 애수를 나는 놓치지 않는다.

아내는 능히 내가 배고파하는 것을 눈치챌 것이다. 그러나 아랫방에서 먹고 남은 음식을 나에게 주려 들지는 않는다. 그것은 어디까지든지 나를 존경하는 마음일 것임에 틀림없다. 나는 배가 고프면서도 적이 마음이 든든한 것을 좋아했다. 아내가 무엇이라고 지껄이고 갔는지 귀에 남아있을 리가 없다. 다만 내 머리맡에 아내가 놓고 간 은화가 전등불에 흐릿하게 빛나고 있을 뿐이다.

고 금고형 벙어리 속에 은화가 얼마큼이나 모였을까. 나는 그러나 그것을 쳐들어 보지 않았다. 그저 아무런 의욕도 기원도 없이 그 단춧구멍처럼 생긴 틈바구니로 은화를 들어뜨려 둘 뿐이었다.

왜 아내의 내객들이 아내에게 돈을 놓고 가나 하는 것이 풀 수 없는 의문인 것같이 왜 아내는 나에게 돈을 놓고 가나 하는 것도 역시 나에게는 똑같이 풀 수 없는 의문이었다. 내 비록 아내가 내게 돈을 놓고 가는 것이 싫지 않았다 하더라도 그것은 다만 고것이 내 손가락에 닿는 순간에서부터 고 벙어리 주둥이에서 자취를 감추기까지의 하잘것없는 짧은 촉각이 좋았달 뿐이지 그 이상 아무 기쁨도 없다.

어느 날 나는 고 벙어리를 변소에 갖다 넣어버렸다. 그때 벙어리 속에는 몇 푼이나 되는지는 모르겠으나 고 은화들이 꽤 들어있었다.

나는 내가 지구 위에 살며 내가 이렇게 살고 있는 지구가 질풍신뢰의 속력으로 광대무변의 공간을 달리고 있다는 것을 생각했을 때 참 허망하였다. 나는 이렇게 부지런한 지구 위에서는 현기증도 날 것 같고 해서 한시바삐 내려버리고 싶었다.

이불 속에서 이런 생각을 하고 난 뒤에는 나는 고 은화를 고 벙어리에 넣고 넣고 하는 것조차가 귀찮아졌다. 나는 아내가 손수 벙어리를 사용하였으면 하고 희망하였다. 벙어리도 돈도 사실에는 아내에게만 필요한 것이지 내게는 애초부터 의미가 전연 없는 것이었으니까 될 수만 있으면 그 벙어리를 아내는 아내 방으로 가져갔으면 하고 기다렸다. 그러나 아내는 가져가지 않는다. 나는 내 아내 방으로 가져다 둘까 하고 생각하여 보았으나 그즈음에는 아내의 내객이 원체 많아서 내가 아내 방에 가볼 기회가 도무지 없었다. 그래서 나는 하는 수 없이 변소에 갖다 집어넣어 버리고 만 것이다.

나는 서글픈 마음으로 아내의 꾸지람을 기다렸다. 그러나 아내는 끝내 아무 말도 나에게 묻지도 하지도 않았다. 않았을 뿐 아니라 여전히 돈은 돈대로 내 머리맡에 놓고 가지 않나? 내 머리맡에는 어느덧 은화가 꽤 많이 모였다.

내객이 아내에게 돈을 놓고 가는 것이나 아내가 내게 돈을 놓고 가는 것이나 일종의 쾌감—그 외의 다른 아무런 이유도 없는 것이 아닐까 하는 것을 나는 또 이불 속에서 연구하기 시작하였다. 쾌감이라면 어떤 종류의 쾌감일까를 계속하여 연구하였다. 그러나 그것은 이불 속의 연구로는 알 길이 없었다. 쾌감 쾌감, 하고 나는 뜻밖에도 이 문제에 대해서만 흥미를 느꼈다.

아내는 물론 나를 늘 감금하여두다시피 하여왔다. 내게 불평이 있을 리 없다. 그런 중에도 나는 그 쾌감이라는 것의 유무를 체험하고 싶었다.

나는 아내의 밤 외출 틈을 타서 밖으로 나왔다. 나는 거리에서 잊어버리지 않고 가지고 나온 은화를 지폐로 바꾼다. 5원이나 된다. 그것을 주머니에 넣고 나는 목적을 잃어버리기 위하여 얼마든지 거리를 쏘다녔다. 오래간만에 보는 거리는 거의 경이에 가까울 만치 내 신경을 흥분시키지 않고는 마지않았다. 나는 금시에 피곤하여버렸다. 그러나 나는 참았다. 그리고 밤이 이슥하도록 까닭을 잊어버린 채 이 거리 저 거리로 지향 없이 헤매었다. 돈은 물론 한 푼도 쓰지 않았다. 돈을 쓸 아무 염두도 나서지 않았다. 나는 벌써 돈을 쓰는 기능을 완전히 상실한 것 같았다.

나는 과연 피로를 이 이상 견디기가 어려웠다. 나는 가까스로 내 집을 찾았다. 나는 내 방으로 가려면 아내 방을 통과하지 아니하면 안 될 것을 알고 아내에게 내객이 있나 없나를 걱정하면서 미닫이 앞에서 좀 거북살스럽게 기침을 한 번 했더니 이것은 참 또 너무 암상스럽게 미닫이가 열리면서 아내의 얼굴과 그 등 뒤에 낯선 남자의 얼굴이 이쪽을 내다보는 것이다. 나는 별안간 내어쏟아지는 불빛에 눈이 부셔서 좀 머뭇머뭇했다.

나는 아내의 눈초리를 못 본 것은 아니다. 그러나 나는 모른 체하는 수밖에 없었다. 왜? 나는 어쨌든 아내의 방을 통과하지 아니하면 안 되니까……….

나는 이불을 뒤집어썼다. 무엇보다도 다리가 아파서 견딜 수가 없었다. 이불 속에서는 가슴이 울렁거리면서 암만해도 까무러칠 것만 같았다. 걸을 때는 몰랐더니 숨이 차다. 등에 식은땀이 쭉 내밴다. 나는 외출한 것을 후회하였다. 이런 피로를 잊고 어서 잠이 들었으면 좋았다. 한잠 잘— 자고 싶었다.

얼마 동안이나 비스듬히 엎드려 있었더니 차츰차츰 뚝딱거리는 가슴 동기[10]가 가라앉는다. 그만해도 우선 살 것 같았다. 나는 몸을 돌쳐 반듯이 천장을 향하여 눕고 쭉— 다리를 뻗었다.

그러나 나는 또다시 가슴의 동기를 피할 수 없게 되었다. 아랫방에서 아내와 그 남자의 내 귀에도 들리지 않을 만치 옅은 목소리로 소곤거리는 기척이 장지 틈으로 전하여왔던 것이다. 청각을 더 예민하게 하기 위하여 나는 눈을 떴다. 그리고 숨을 죽였다. 그러나 그때는 벌써 아내와 남자는 앉았던 자리를 툭툭 털며 일어섰고 일어서면서 옷과 모자 쓰는 기척이 나는 듯하더니 이어 미닫이가 열리고 구두 뒤축 소리가 나고 그리고 뜰에 내려서는 소리가 쿵 하고 나면서 뒤를 따르는 아내의 고무신 소리가 두어 발자국 찍찍 나고 사뿐

10. 심장이 울렁거리고 두근거림.

사뿐 나나 하는 사이에 두 사람의 발소리가 대문간 쪽으로 사라졌다.

나는 아내의 이런 태도를 본 일이 없다. 아내는 어떤 사람과도 결코 소곤거리는 법이 없다. 나는 윗방에서 이불을 쓰고 누워있는 동안에도 혹 술이 취해서 혀가 잘 돌아가지 않는 내객들의 담화는 더러 놓치는 수가 있어도 아내의 높지도 얕지도 않은 말소리는 일찍이 한마디도 놓쳐본 일이 없다. 더러 내 귀에 거슬리는 소리가 있어도 나는 그것이 태연한 목소리로 내 귀에 들렸다는 이유로 충분히 안심이 되었다.

그렇던 아내의 이런 태도는 필시 그 속에 여간하지 않은 사정이 있는 듯싶이 생각이 되고 내 마음은 좀 서운했으나 그러나 그보다도 나는 좀 너무 피곤해서 오늘만은 이불 속에서 아무것도 연구치 않기로 굳게 결심하고 잠을 기다렸다. 잠은 좀처럼 오지 않았다. 대문간에 나간 아내도 좀처럼 들어오지 않았다. 그러는 동안에 흐지부지 나는 잠이 들어버렸다. 꿈이 얼쑹덜쑹 종을 잡을 수 없는 거리의 풍경을 여전히 헤맸다.

나는 몹시 흔들렸다. 내객을 보내고 들어온 아내가 잠든 나를 잡아 흔드는 것이다. 나는 눈을 번쩍 뜨고 아내의 얼굴을 쳐다보았다. 아내의 얼굴에는 웃음이 없다. 나는 좀 눈을 비비고 아내의 얼굴을 자세히 보았다. 노기가 눈초리에 떠서 얇은 입술이 바르르 떨린다. 좀처럼 이 노기가 풀리기는 어려울 것 같았다. 나는 그대로 눈을 감아버렸다. 벼락이 내리기를 기다린 것이다. 그러나 쌔근 하는 숨소리가 나면서 푸시시 아내의 치맛자락 소리가 나고 장지가 여닫히며 아내는 아내 방으로 돌아갔다. 나는 다시 몸을 돌쳐 이불을 뒤집어 쓰고는 개구리처럼 엎드리고, 엎드려서 배가 고픈 가운데서도 오늘 밤의 외출을 또 한 번 후회하였다.

나는 이불 속에서 아내에게 사죄하였다. 그것은 네 오해라고……….

나는 사실 밤이 퍽이나 이슥한 줄만 알았던 것이다. 그것이 네 말마따나 자정 전인 줄은 나는 정말이지 꿈에도 몰랐다. 나는 너무 피곤하였었다. 오래간만에 나는 너무 많이 걸은 것이 잘못이다. 내 잘못이라면 잘

못은 그것밖에는 없다. 외출은 왜 하였더냐고?

나는 그 머리맡에 저절로 모인 5원 돈을 아무에게라도 좋으니 주어보고 싶었던 것이다. 그뿐이다. 그러나 그것도 내 잘못이라면 나는 그렇게 알겠다. 나는 후회하고 있지 않나?

내가 그 5원 돈을 써버릴 수가 있었던들 나는 자정 안에 집에 돌아올 수 없었을 것이다. 그러나 거리는 너무 복잡하였고 사람은 너무도 들끓었다. 나는 어느 사람을 붙들고 그 5원 돈을 내어주어야 할지 갈피를 잡을 수가 없었다. 그러는 동안에 나는 여지없이 피곤해버리고 말았던 것이다.

나는 무엇보다도 좀 쉬고 싶었다. 눕고 싶었다. 그래서 나는 하는 수 없이 집으로 돌아온 것이다. 내 짐작 같아서는 밤이 어지간히 늦은 줄만 알았는데 그것이 불행히도 자정 전이었다는 것은 참 안된 일이다. 미안한 일이다. 나는 얼마든지 사죄하여도 좋다. 그러나 종시 아내의 오해를 풀지 못하였다 하면 내가 이렇게까지 사죄하는 보람은 그럼 어디 있나? 한심하였다.

한 시간 동안을 나는 이렇게 초조하게 굴지 않으면 안 되었다. 나는 이불을 홱 젖혀버리고 일어나서 장지를 열고 아내 방으로 비칠비칠 달려갔던 것이다. 내게는 거의 의식이라는 것이 없었다. 나는 아내 이불 위에 엎드러지면서 바지 포켓 속에서 그 돈 5원을 꺼내 아내 손에 쥐여준 것을 간신히 기억할 뿐이다.

이튿날 잠이 깨었을 때 나는 내 아내 방 아내 이불 속에 있었다. 이것이 이 33번지에서 살기 시작한 이래 내가 아내 방에서 잔 맨 처음이었다.

해가 들창에 훨씬 높았는데 아내는 이미 외출하고 벌써 내 곁에 있지는 않다. 아니! 아내는 엊저녁 내가 의식을 잃은 동안에 외출한 것인지도 모른다. 그러나 나는 그런 것을 조사하고 싶지 않았다. 다만 전신이 찌뿌드드한 것이 손가락 하나 꼼짝할 힘조차 없었다. 책보보다 좀 작은 면적의 볕이 눈이 부시다. 그 속에서 수없는 먼지가 흡사 미생물처럼 난무한다. 코가 칵 막히는 것 같다. 나는 다시 눈을 감고 이불을 푹 뒤집어쓰고 낮잠을 자기에 착수하였다. 그러나 코를 스치는 아내의 체취는 꽤 도발적이었다. 나는 몸을 여러 번 여러 번 비비 꼬면서 아내의 화장대에 늘어선 고 가지각색 화장품 병들과 고 병들이 마개를 뽑았을 때 풍기던 냄새를 더듬느라고 좀처럼 잠은 들지 않는 것을 나는 어찌하는 수도 없었다.

견디다 못하여 나는 그만 이불을 걷어차고 벌떡 일어나서 내 방으로 갔다. 내 방에는 다 식어빠진 내 끼니가 가지런히 놓여있는 것이다. 아내는 내 모이를 여기다 주고 나간 것이다. 나는 우선 배가 고팠다. 한 숟갈을 입에 떠 넣었을 때 그 촉감은 참 너무도 냉회와 같이 써늘하였다. 나는 숟갈을 놓고 내 이불 속으로 들어갔다. 하룻밤을 비었던 내 이부자리는 여전히 반갑게 나를 맞아준다. 나는 내 이불을 뒤집어쓰고 이번에는 참 늘어지게 한잠 잤다. 잘—.

내가 잠을 깬 것은 전등이 켜진 뒤다. 그러나 아내는 아직도 돌아오지 않았나 보다. 아니! 들어왔다 또 나갔는지도 알 수 없다. 그러나 그런 것을 삼고하여 무엇하나?

정신이 한결 난다. 나는 지난밤 일을 생각해보았다.

그 돈 5원을 아내 손에 쥐여주고 넘어졌을 때에 느낄 수 있었던 쾌감을 나는 무엇이라고 설명할 수가 없었다. 그러나 내객들이 내 아내에게 돈 놓고 가는 심리며 내 아내가 내게 돈 놓고 가는 심리의 비밀을 나는 알아낸 것 같아서 여간 즐거운 것이 아니다. 나는 속으로 빙그레 웃어보았다. 이런 것을 모르고 오늘까지 지내온 나 자신이 어떻게 우스꽝스러워 보이는지 몰랐다. 나는 어깨춤이 났다.

따라서 나는 또 오늘 밤에도 외출하고 싶었다. 그러나 돈이 없다. 나는 엊저녁에 그 돈 5원을 한꺼번에 아내에게 주어버린 것을 후회하였다. 또 고 벙어리를 변소에 갖다 처넣어버린 것도 후회하였다. 나는 실없이 실망하면서 습관처럼 그 돈 5원이 들어있던 내 바지 포켓에 손을 넣어 한번 휘둘러보았다. 뜻밖에도 내 손에 쥐어지는 것이 있었다. 2원밖에 없다. 그러나 많아야 맛은 아니다. 얼마간이고 있으면 된다. 나는 그만한 것이 여간 고마운 것이 아니었다.

나는 기운을 얻었다. 나는 그 단벌 다 떨어진 코르덴 양복을 걸치고 배고픈 것도 주제 사나운 것도 다

잊어버리고 활갯짓을 하면서 또 거리로 나섰다. 나서면서 나는 제발 시간이 화살 단 듯해서 자정이 어서 홱 지나버렸으면 하고 조바심을 태웠다. 아내에게 돈을 주고 아내 방에서 자보는 것은 어디까지든지 좋았지만 만일 잘못해서 자정 전에 집에 들어갔다가 아내의 눈총을 맞는 것은 그것은 여간 무서운 일이 아니었다. 나는 저물도록 길가 시계를 들여다보고 들여다보고 하면서 또 지향 없이 거리를 방황하였다. 그러나 이날은 좀처럼 피곤하지는 않았다. 다만 시간이 좀 너무 더디게 가는 것만 같아서 안타까웠다.

경성역 시계가 확실히 자정이 지난 것을 본 뒤에 나는 집을 향하였다. 그날은 그 일각대문에서 아내와 아내의 남자가 이야기하고 섰는 것을 만났다. 나는 모른 체하고 두 사람 곁을 지나서 내 방으로 들어갔다. 뒤이어 아내도 들어왔다. 와서는 이 밤중에 평생 안 하던 쓰레질을 하는 것이다. 조금 있다가 아내가 눕는 기척을 엿듣자마자 나는 또 장지를 열고 아내 방으로 가서 그 돈 2원을 아내 손에 덥석 쥐여주고 그리고—

하여간 그 2원을 오늘 밤에도 쓰지 않고 도로 가져온 것이 참 이상하다는 듯이 아내는 내 얼굴을 몇 번이고 엿보고—아내는 드디어 아무 말도 없이 나를 자기 방에 재워주었다. 나는 이 기쁨을 세상의 무엇과도 바꾸고 싶지는 않았다. 나는 편히 잘 잤다.

이튿날도 내가 잠이 깨었을 때는 아내는 보이지 않았다. 나는 또 내 방으로 가서 피곤한 몸이 낮잠을 잤다.

내가 아내에게 흔들려 깨었을 때는 역시 불이 들어온 뒤였다. 아내는 자기 방으로 나를 오라는 것이다. 이런 일은 또 처음이다. 아내는 끊임없이 얼굴에 미소를 띠고 내 팔을 이끄는 것이다. 나는 이런 아내의 태도 이면에 엔간치 않은 음모가 숨어있지나 않은가 하고 적이 불안을 느끼지 않을 수 없었다.

나는 아내의 하자는 대로 아내 방으로 끌려갔다. 아내 방에는 저녁 밥상이 조촐하게 차려져 있는 것이다. 생각하여보면 나는 이틀을 굶었다. 나는 지금 배고픈 것까지도 긴가민가 잊어버리고 어름어름하던 차다.

나는 생각하였다. 이 최후의 만찬을 먹고 나자마자 벼락이 내려도 나는 차라리 후회하지 않을 것을. 사실 나는 인간 세상이 너무나 심심해서 못 견디겠던 차다. 모든 일이 성가시고 귀찮았으나 그러나 불의의 재난이라는 것은 즐겁다.

나는 마음을 턱 놓고 조용히 아내와 마주 이 해괴한 저녁밥을 먹었다. 우리 부부는 이야기하는 법이 없었다. 밥을 먹은 뒤에도 나는 말이 없이 그냥 부스스 일어나서 내 방으로 건너가 버렸다. 아내는 나를 붙잡지 않았다. 나는 벽에 기대어 앉아서 담배를 한 대 피워 물고 그리고 벼락이 떨어질 테거든 어서 떨어져라, 하고 기다렸다.

5분! 10분!—

그러나 벼락은 내리지 않았다. 긴장이 차츰 늘어지기 시작한다. 나는 어느덧 오늘 밤에도 외출할 것을 생각하고 있었다. 돈이 있었으면 하고 생각하고 있었다.

그러나 돈은 확실히 없다. 오늘은 외출하여도 나중에 올 무슨 기쁨이 있나. 나는 앞이 그냥 아뜩하였다. 나는 화가 나서 이불을 뒤집어쓰고 이리 뒹굴 저리 뒹굴 굴렀다. 금시 먹은 밥이 목으로 자꾸 치밀어 올라온다. 메스꺼웠다.

하늘에서 얼마라도 좋으니 왜 지폐가 소낙비처럼 퍼붓지 않나, 그것이 그저 한없이 야속하고 슬펐다. 나는 이렇게밖에 돈을 구하는 아무런 방법도 알지는 못했다. 나는 이불 속에서 좀 울었나 보다. 돈이 왜 없냐면서…….

그랬더니 아내가 또 내 방에를 왔다. 나는 깜짝 놀라 아마 이제야 벼락이 내리려나 보다 하고 숨을 죽이고 두꺼비 모양으로 엎드려있었다. 그러나 떨어진 입을 새어 나오는 아내의 말소리는 참 부드러웠다. 정다웠다. 아내는 내가 왜 우는지를 안다는 것이다. 돈이 없어서 그러는 게 아니냔다. 나는 실없이 깜짝 놀랐다. 어떻게 저렇게 사람의 속을 환—하게 들여다보는가 해서 나는 한편으로 슬그머니 겁도 안 나는 것은 아니었으나 저렇게 말하는 것을 보면 아마 내게 돈을 줄 생각이 있나 보다, 만일 그렇다면 오죽이나 좋은 일일까. 나는 이불 속에 뚤뚤 말린 채 고개도 들지 않고 아내의 다음 거동을 기다리고 있으니까, 옜소— 하고 내 머리맡에 내려뜨리는 것은 그 가뿐한 음향으로 보아 지폐에 틀림없었다. 그리고 내 귀에다 대고 오늘일랑 어제보다도 좀 더 늦게 들어와도 좋다고 속삭이는 것이다. 그것은 어렵지 않다. 우선 그 돈이 무엇보다도 고맙고 반가웠다.

어쨌든 나섰다. 나는 좀 야맹증이다. 그래서 될 수 있는 대로 밝은 거리로 골라서 돌아다니기로 했다. 그러고는 경성역 일이등 대합실 한 곁 티룸에를 들렀다. 그것은 내게는 큰 발견이었다. 거기는 우선 아무도 아는 사람이 안 온다. 설사 왔다가도 곧들 가니까 좋다. 나는 날마다 여기 와서 시간을 보내리라, 속으로 생각하여두었다.

제일 여기 시계가 어느 시계보다도 정확하리라는 것이 좋았다. 섣불리 서투른 시계를 보고 그것을 믿고 시간 전에 집에 돌아갔다가 큰 코를 다쳐서는 안 된다.

나는 한 박스에 아무것도 없는 것과 마주 앉아서 잘 끓은 커피를 마셨다. 총총한 가운데 여객들은 그래도 한잔 커피가 즐거운가 보다. 얼른얼른 마시고 무얼 좀 생각하는 것같이 담벼락도 좀 쳐다보고 하다가 곧 나가버린다. 서글프다. 그러나 내게는 이 서글픈 분위기가 거리의 티룸들의 그 거추장스러운 분위기보다는 절실하고 마음에 들었다. 이따금 들리는 날카로운 혹은 우렁찬 기적 소리가 모차르트보다도 더 가깝다. 나는 메뉴에 적힌 몇 가지 안 되는 음식 이름을 치읽고 내리읽고 여러 번 읽었다. 그것들은 아물아물한 것이 어딘가 내 어렸을 때 동무들 이름과 비슷한 데가 있었다.

거기서 얼마나 내가 오래 앉았는지 정신이 오락가락하는 중에 객이 슬며시 뜸—해지면서 이 구석 저 구석 걷어치우기 시작하는 것을 보면 아마 닫을 시간이 된 모양이다. 열한 시가 좀 지났구나, 여기도 결코 내 안주의 곳은 아니구나, 어디 가서 자정을 넘길까, 두루 걱정을 하면서 나는 밖으로 나섰다. 비가 온다. 빗발이 제법 굵은 것이 우비도 우산도 없는 나를 고생을 시킬 작정이다. 그렇다고 이런 괴이한 풍모를 차리고 이 홀에서 어물어물하는 수는 없고, 에이, 비를 맞으면 맞았지, 하고 나는 그냥 나서버렸다.

대단히 선선해서 견딜 수가 없다. 코르덴 옷이 젖기 시작하더니 나중에는 속속들이 스며들면서 추근거린다. 비를 맞아가면서라도 견딜 수 있는 데까지 거리를 돌아다녀서 시간을 보내려 하였으나 인제는 선선해서 이 이상은 더 견딜 수가 없다. 오한이 자꾸 일어나면서 이가 딱딱 맞부딪는다.

나는 걸음을 재우치면서 생각하였다. 오늘 같은 궂은 날도 아내에게 내객이 있으려고. 없겠지, 하는 생각이 드는 것이다. 집으로 가야겠다. 아내에게 불행히 내객이 있거든 내 사정을 하리라. 사정을 하면 이렇게 비가 오는 것을 눈으로 보고 알아주겠지.

부리나케 와보니까 그러나 아내에게는 내객이 있었다. 나는 너무 춥고 척척해서 얼떨결에 노크하는 것을 잊었다. 그래서 나는 보면 아내가 좀 덜 좋아할 것을 그만 보았다. 나는 감발[11] 자국 같은 발자국을 내면서 덤벙덤벙 아내 방을 디디고 그리고 내 방으로 가서 쭉 빠진 옷을 활활 벗어버리고 이불을 뒤썼다. 덜덜덜덜 떨린다. 오한이 점점 더 심해 들어온다. 여전히 땅이

11. 발감개를 한 차림새.

꺼져 들어가는 것만 같았다. 나는 그만 의식을 잃어버리고 말았다.

이튿날 내가 눈을 떴을 때 아내는 내 머리맡에 앉아서 제법 근심스러운 얼굴이다. 나는 감기가 들었다. 여전히 으스스 춥고 또 골치가 아프고 입에 군침이 도는 것이 씁씁하면서 다리팔이 척 늘어져서 노곤하다.

아내는 내 머리를 쓱 짚어보더니 약을 먹어야지, 한다. 아내 손이 이마에 선뜩한 것을 보면 신열이 어지간한 모양인데 약을 먹는다면 해열제를 먹어야지, 하고 속생각을 하자니까 아내는 따뜻한 물에 하얀 정제약 네 개를 준다. 이것을 먹고 한잠 푹— 자고 나면 괜찮다는 것이다. 나는 널름 받아먹었다. 씁싸름한 것이 짐작 같아서는 아마 아스피린인가 싶다. 나는 다시 이불을 쓰고 단번에 그냥 죽은 것처럼 잠이 들어버렸다.

나는 콧물을 훌쩍훌쩍하면서 여러 날을 앓았다. 앓는 동안에 끊이지 않고 그 정제 약을 먹었다. 그러는 동안에 감기도 나았다. 그러나 입맛은 여전히 소태처럼 썼다.

나는 차츰 또 외출하고 싶은 생각이 났다. 그러나

아내는 나더러 외출하지 말라고 이르는 것이다. 이 약을 날마다 먹고 그리고 가만히 누워있으라는 것이다. 공연히 외출을 하다가 이렇게 감기가 들어서 저를 고생을 시키는 게 아니냔다. 그도 그렇다. 그럼 외출을 하지 않겠다고 맹세하고 그 약을 연복하여 몸을 좀 보해보리라고 나는 생각하였다.

나는 날마다 이불을 뒤집어쓰고 밤이나 낮이나 잤다. 유난스럽게 밤이나 낮이나 졸려서 견딜 수가 없는 것이다. 나는 이렇게 잠이 자꾸만 오는 것은 내가 몸이 훨씬 튼튼해진 증거라고 굳게 믿었다.

나는 아마 한 달이나 이렇게 지냈나 보다. 내 머리와 수염이 좀 너무 자라서 훗훗해서 견딜 수가 없어서 내 거울을 좀 보리라고 아내가 외출한 틈을 타서 나는 아내 방으로 가서 아내의 화장대 앞에 앉아보았다. 상당하다. 수염과 머리가 참 산란하였다. 오늘은 이발을 좀 하리라 생각하고 겸사겸사 고 화장품 병들 마개를 뽑고 이것저것 맡아보았다. 한동안 잊어버렸던 향기 가운데서는 몸이 배배 꼬일 것 같은 체취가 전해 나왔다. 나는 아내의 이름을 속으로만 한 번 불러보았다.

「연심이!」 하고………

오래간만에 돋보기 장난도 하였다. 거울 장난도 하였다. 창에 든 볕이 여간 따뜻한 것이 아니었다. 생각하면 5월이 아니냐.

나는 커다랗게 기지개를 한번 펴보고 아내 베개를 내려 베고 벌떡 자빠져서는 이렇게도 편안하고도 즐거운 세월을 하느님께 흠씬 자랑하여주고 싶었다. 나는 참 세상의 아무것과도 교섭을 가지지 않는다. 하느님도 아마 나를 칭찬할 수도 처벌할 수도 없는 것 같다.

그러나 다음 순간 실로 세상에도 이상스러운 것이 눈에 띄었다. 그것은 최면 약 아달린 갑이었다. 나는 그것을 아내의 화장대 밑에서 발견하고 그것이 흡사 아스피린처럼 생겼다고 느꼈다. 나는 그것을 열어보았다. 꼭 네 개가 비었다.

나는 오늘 아침에 네 개의 아스피린을 먹은 것을 기억하고 있었다. 나는 잤다. 어제도 그제도 그끄제도—나는 졸려서 견딜 수가 없었다. 나는 감기가 다 나았는데도 아내는 내게 아스피린을 주었다. 내가 잠이 든 동안에 이웃에 불이 난 일이 있다. 그때에도 나는 자느라고 몰랐다. 이렇게 나는 잤다. 나는 아스피린으로 알고 그럼 한 달 동안을 두고 아달린을 먹어온 것이다. 이것은 좀 너무 심하다.

별안간 아뜩하더니 하마터면 나는 까무러칠 뻔하였다. 나는 그 아달린을 주머니에 넣고 집을 나섰다. 그리고 산을 찾아 올라갔다. 인간 세상의 아무것도 보기가 싫었던 것이다. 걸으면서 나는 아무쪼록 아내에 관계되는 일은 일체 생각하지 않도록 노력하였다. 길에서 까무러치기 쉬우니까다. 나는 어디라도 양지가 바른 자리를 하나 골라서 자리를 잡아가지고 서서히 아내에 관하여서 연구할 작정이었다. 나는 길가의 돌창, 핀 구경도 못 한 진개나리꽃, 종달새, 돌멩이도 새끼를 까는 이야기, 이런 것만 생각하였다. 다행히 길가에서 나는 졸도하지 않았다.

거기는 벤치가 있었다. 나는 거기 정좌하고 그리고 그 아스피린과 아달린에 관하여 연구하였다. 그러나 머리가 도무지 혼란하여 생각이 체계를 이루지 않는다. 단 5분이 못 가서 나는 그만 귀찮은 생각이 번쩍 들면서 심술이 났다. 나는 주머니에서 가지고 온 아달린을 꺼내 남은 여섯 개를 한꺼번에 질겅질겅 씹어 먹어버렸다. 맛이 익살맞다. 그러고 나서 나는 그 벤치 위에 가로 기다랗게 누웠다. 무슨 생각으로 내가 그따위 짓을 했나? 알 수가 없다. 그저 그러고 싶었다. 나는 게서 그냥 깊이 잠이 들었다. 잠결에도 바위틈으로 흐르는 물소리가 졸졸 하고 귀에 언제까지나 어렴풋이 들려왔다.

내가 잠을 깨었을 때는 날이 환—히 밝은 뒤다. 나는 거기서 일주야를 잔 것이다. 풍경이 그냥 노—랗게 보인다. 그 속에서도 나는 번개처럼 아스피린과 아달린이 생각났다.

아스피린, 아달린, 아스피린, 아달린, 마르크스, 맬서스, 마도로스, 아스피린, 아달린.

아내는 한 달 동안 아달린을 아스피린이라고 속이고 내게 먹였다. 그것은 아내 방에서 이 아달린 갑이 발견된 것으로 미루어 증거가 너무나 확실하다.

무슨 목적으로 아내는 나를 밤이나 낮이나 재웠어야 됐나?

나를 밤이나 낮이나 재워놓고 그리고 아내는 내가

자는 동안에 무슨 짓을 했나?

나를 조금씩 조금씩 죽이려 든 것일까?

그러나 또 생각하여보면 내가 한 달을 두고 먹어온 것은 아스피린이었는지도 모른다. 아내는 무슨 근심되는 일이 있어서 밤 되면 잠 잘 오지 않아서 정작 아내가 아달린을 사용한 것이나 아닌지, 그렇다면 나는 참 미안하다. 나는 아내에게 이렇게 큰 의혹을 가졌었다는 것이 참 안됐다.

나는 그래서 부리나케 거기서 내려왔다. 아랫도리가 홰홰 내어저이면서 어찔어찔한 것을 나는 겨우 집을 향하여 걸었다. 여덟 시 가까이였다.

나는 내 잘못 든 생각을 죄다 일러바치고 아내에게 사죄하려는 것이다. 나는 너무 급해서 그만 또 말을 잊어버렸다.

그랬더니 이건 참 너무 큰일 났다. 나는 내 눈으로는 절대로 보아서 안 될 것을 그만 딱 보아버리고 만 것이다. 나는 얼떨결에 그만 냉큼 미닫이를 닫고 그리고 현기증이 나는 것을 진정시키느라고 잠깐 고개를 숙이고 눈을 감고 기둥을 짚고 섰자니까 1초 여유도 없이 홱 미닫이가 다시 열리더니 매무새를 풀어헤친 아내가 불쑥 내밀면서 내 멱살을 잡는 것이다. 나는 그만 어지러워서 게 가 그냥 나둥그러졌다. 그랬더니 아내는 넘어진 내 위에 덮치면서 내 살을 함부로 물어뜯는 것이다. 아파 죽겠다. 나는 사실 반항할 의사도 힘도 없어서 그냥 넙적 엎드려있으면서 어떻게 되나 보고 있자니까 뒤이어 남자가 나오는 것 같더니 아내를 한 아름에 덥석 안아가지고 방 안으로 들어가는 것이다. 아내는 아무 말 없이 다소곳이 그렇게 안겨 들어가는 것이 내 눈에 여간 미운 것이 아니다. 밉다.

아내는 너 밤새워가면서 도적질하러 다니느냐, 계집질하러 다니느냐고 발악이다. 이것은 참 너무 억울하다. 나는 어안이 벙벙하여 도무지 입이 떨어지지를 않았다.

너는 그야말로 나를 살해하려던 것이 아니냐고 소리를 한번 꽥 질러보고도 싶었으나 그런 긴가민가한 소리를 섣불리 입 밖에 내었다가는 무슨 화를 볼는지 알 수 있나. 차라리 억울하지만 잠자코 있는 것이 우선 상책인 듯싶이 생각이 들길래 나는 이것은 또 무슨 생각으로 그랬는지 모르지만 툭툭 털고 일어나서 내 바지 포켓 속에 남은 돈 몇 원 몇십 전을 가만히 꺼내서는 몰래 미닫이를 열고 살며시 문지방 밑에다 놓고 나서는 그냥 줄달음박질을 쳐서 나와버렸다.

여러 번 자동차에 치일 뻔하면서 나는 그래도 경성역을 찾아갔다. 빈자리와 마주 앉아서 이 쓰디쓴 입맛을 거두기 위하여 무엇으로나 입가심을 하고 싶었다.

커피. 좋다. 그러나 경성역 홀에 한 걸음을 들여놓았을 때 나는 내 주머니에는 돈이 한 푼도 없는 것을 그것을 깜박 잊었던 것을 깨달았다. 또 아뜩하였다. 나는 어디선가 그저 맥없이 머뭇머뭇하면서 어쩔 줄을 모를 뿐이었다. 얼빠진 사람처럼 그저 이리 갔다 저리 갔다 하면서…….

나는 어디로 어디로 들입다 쏘다녔는지 하나도 모른다. 다만 몇 시간 후에 내가 미쓰코시 옥상에 있는 것을 깨달았을 때는 거의 대낮이었다.

나는 거기 아무 데나 주저앉아서 내 자라온 스물여섯 해를 회고하여보았다. 몽롱한 기억 속에서는 이렇다는 아무 제목도 불거져 나오지 않았다.

나는 또 나 자신에게 물어보았다. 너는 인생에 무슨 욕심이 있느냐고. 그러나 있다고도 없다고도, 그런 대답은 하기가 싫었다. 나는 거의 나 자신의 존재를 인식하기조차도 어려웠다.

허리를 굽혀서 나는 그저 금붕어를 들여다보고 있었다. 금붕어는 참 잘들 컸다. 작은 놈은 작은 놈대로 큰 놈은 큰 놈대로 다— 싱싱하니 보기 좋았다. 내리비치는 5월 햇살에 금붕어들은 그릇 바탕에 그림자를 내려뜨렸다. 지느러미는 하늘하늘 손수건을 흔드는 흉내를 낸다. 나는 이 지느러미 수효를 세어보기도 하면서 굽힌 허리를 좀처럼 펴지 않았다. 등이 따뜻하다.

나는 또 회탁의 거리를 내려다보았다. 거기서는 피곤한 생활이 똑 금붕어 지느러미처럼 흐늑흐늑 허비적거렸다. 눈에 보이지 않는 끈적끈적한 줄에 엉켜서 헤어나지들을 못한다. 나는 피로와 공복 때문에 무너져 들어가는 몸뚱이를 끌고 그 회탁의 거리 속으로 섞여 들어가지 않는 수도 없다 생각하였다.

나서서 나는 또 문득 생각하여보았다. 이 발길이 지금 어디로 향하여 가는 것인가를………

그때 내 눈앞에는 아내의 모가지가 벼락처럼 내려 떨어졌다. 아스피린과 아달린.

우리들은 서로 오해하고 있느니라. 설마 아내가 아스피린 대신에 아달린의 정량을 나에게 먹여왔을까? 나는 그것을 믿을 수는 없다. 아내가 대체 그럴 까닭이 없을 것이니.

그러면 나는 날밤을 새우면서 도적질을 계집질을 하였나? 정말이지 아니다.

우리 부부는 숙명적으로 발이 맞지 않는 절름발이인 것이다. 나나 아내나 제 거동에 로직을 붙일 필요는 없다. 변해할[12] 필요도 없다. 사실은 사실대로 오해는 오해대로 그저 끝없이 발을 절뚝거리면서 세상을 걸어가면 되는 것이다. 그렇지 않을까?

그러나 나는 이 발길이 아내에게로 돌아가야 옳은가 이것만은 분간하기가 좀 어려웠다. 가야 하나? 그럼 어디로 가나?

이때 뚜— 하고 정오 사이렌이 울었다. 사람들은 모두 네 활개를 펴고 닭처럼 푸드덕거리는 것 같고 온갖

12. 말로 풀어 자세히 밝히다.

유리와 강철과 대리석과 지폐와 잉크가 부글부글 끓고 수선을 떨고 하는 것 같은 찰나, 그야말로 현란을 극한 정오다.

나는 불현듯이 겨드랑이가 가렵다. 아하, 그것은 내 인공의 날개가 돋았던 자국이다. 오늘은 없는 이 날개, 머릿속에서는 희망과 야심의 말소된 페이지가 딕셔너리 넘어가듯 번뜩였다.

나는 걷던 걸음을 멈추고 그리고 어디 한번 이렇게 외쳐보고 싶었다.

날개야 다시 돋아라.

날자. 날자. 날자. 한 번만 더 날자꾸나.

한 번만 더 날아보자꾸나.

『조광』, 1936.9, 196~214쪽.

실화失花

1

사람이

비밀이 없다는 것은 재산 없는 것처럼 가난하고 허전한 일이다.

2

꿈―꿈이면 좋겠다. 그러나 나는 자는 것이 아니다. 누운 것도 아니다.

앉아서 나는 듣는다. (12월 23일)

「언더 더 워치― 시계 아래서 말이에요― 파이브 타운스― 다섯 개의 동리란 말이지요― 이 청년은 요

세상에서 담배를 제일 좋아합니다— 기—다랗게 꾸부러진 파이프에다가 향기가 아주 높은 담배를 피워 빽— 빽— 연기를 풍기고 앉았는 것이 무엇보다도 낙이었답니다.」

(나야말로 동경 와서 쓸데없이 담배만 늘었지. 울화가 푹— 치밀을 때 저— 폐까지 쭉— 연기나 들이켜지 않고 이 발광할 것 같은 심정을 억제하는 도리가 없다.)

「연애를 했어요! 고상한 취미— 우아한 성격— 이런 것이 좋았다는 여자의 유서예요— 죽기는 왜 죽어— 선생님— 저 같으면 죽지 않겠습니다— 죽도록 사랑할 수 있나요— 있다지요— 그렇지만 저는 모르겠어요.」

(나는 일찍이 어리석었더니라. 모르고 연이와 죽기를 약속했더니라. 죽도록 사랑했건만 면회가 끝난 뒤 대략 20분이나 30분만 지나면 연이는 내가 '설마.' 하고만 여기던 S의 품 안에 있었다.)

「그렇지만 선생님— 그 남자의 성격이 참 좋아요—담배도 좋고 목소리도 좋고— 이 소설을 읽으면 그 남자의 음성이 꼭— 웅얼웅얼 들려오는 것 같아요.

이 남자가 같이 죽자면 그때 당해서는 또 모르겠지만 지금 생각 같아서는 저도 죽을 수 있을 것 같아요. 선생님, 사람이 정말 죽을 수 있도록 사랑할 수 있나요? 있다면 저도 그런 연애 한번 해 보고 싶어요.」

(그러나 철부지 C 양이여. 연이는 약속한 지 두 주일 되는 날 죽지 말고 우리 살자고 그럽디다. 속았다. 속기 시작한 것은 그때부터다. 나는 어리석게도 살 수 있을 것을 믿었지. 그뿐인가. 연이는 나를 사랑하느니라고까지.)

「공과[1]는 여기까지밖에 안 했어요— 청년이 마지막에는— 멀—리 여행을 간다나 봐요. 모든 것을 잊어버리려고.」

(여기는 동경이다. 나는 어쩔 작정으로 여기 왔나? 적빈이 여세—콕토가 그랬느니라—재주 없는 예술가야 부질없이 네 빈곤을 내세우지 말라고—아— 내게 빈곤을 팔아먹는 재주 외에 무슨 기능이 남아있누. 여기는 간다쿠 진보초, 내가 어려서 제전[2]

1. 학문이나 교육의 과정.
2. 제국 미술 전람회.

2과에 하가키[3] 주문하던 바로 게가 예다. 나는 여기서 지금 앓는다.)

「선생님! 이 여자를 좋아하십니까— 좋아하시지요— 좋아요— 아름다운 죽음이라고 생각해요— 그렇게까지 사랑을 받은— 남자는 행복되지요— 네— 선생님— 선생님, 선생님.」

(선생님 이상李箱 턱에 입언저리에 아— 수염 숱하게도 났다. 좋게도 자랐다.)

「선생님— 뭘— 그렇게 생각하십니까— 네— 담배가 다 탔는데— 아이— 파이프에 불이 붙으면 어떻게 합니까— 눈을 좀— 뜨세요. 이 얘기는— 끝났습니다. 네— 무슨 생각 그렇게 하셨나요.」

(아— 참 고운 목소리도 다 있지. 10리나 먼— 밖에서 들려오는—값비싼 시계 소리처럼 부드럽고 정확하게 윤택이 있고—피아니시모—꿈인가. 한 시간 동안이나 나는 스토리보다는 목소리를 들었다. 한 시간— 한 시간같이 길었지만 10분—나는 졸았나? 아니, 나는 스토리를 다 외운다. 나는 자지 않았다. 그 흐르는

3. 엽서.

듯한 연연한 목소리가 내 감관을 얼싸안고 목소리가 잤다.)

꿈―꿈이면 좋겠다. 그러나 나는 잔 것도 아니요, 또 누웠던 것도 아니다.

3

파이프에 불이 붙으면?

끄면 그만이지. 그러나 S는 껄껄―아니 빙그레 웃으면서 나를 타이른다.

「상箱! 연이와 헤어지게. 헤어지는 게 좋을 것 같으니. 상이 연이와 부부? 라는 것이 내 눈에는 똑 부러 그러는 것 같아서 못 보겠네.」

「거 어째서 그렇다는 건가.」

이 S는, 아니 연이는 일찍이 S의 것이었다. 오늘 나는 S와 더불어 담배를 피우면서 마주 앉아 담소할 수 있다. 그러면 S와 나 두 사람은 친우였던가.

「상! 자네 『EPIGRAM』이라는 글 내 읽었지. 한 번― 허허― 한 번. 상! 상의 서푼짜리 우월감이 내게는 우숴 죽겠다는 걸세. 한 번? 한 번― 허허― 한

번.」

「그러면 (나는 실신할 만치 놀란다.) 한 번 이상—몇 번. S! 몇 번인가.」

「그저 한 번 이상이라고만 알아두게나그려.」

꿈—꿈이면 좋겠다. 그러나 10월 23일부터 10월 24일까지 나는 자지 않았다. 꿈은 없다.

(천사는—어디를 가도 천사는 없다. 천사들은 다 결혼해버렸기 때문이다.)

23일 밤 열 시부터 나는 가지가지 재주를 다 피워 가면서 연이를 고문했다.

24일 동이 훤—하게 터올 때쯤에야 연이는 겨우 입을 열었다. 아! 장구한 시간!

「첫 번— 말해라.」

「인천 어느 여관.」

「그건 안다. 둘째 번— 말해라.」

「…….」

「말해라.」

「N 빌딩 S의 사무실.」

「셋째 번— 말해라.」

「…….」

「말해라.」

「동소문 밖 음벽정.」

「넷째 번― 말해라.」

「…….」

「말해라.」

「…….」

「말해라.」

머리맡 책상 서랍 속에는 서슬이 퍼런 내 면도칼이 있다. 경동맥을 따면―요물은 선혈이 댓줄기 뻗치듯 하면서 급사하리라. 그러나―.

나는 일찌감치 면도를 하고 손톱을 깎고 옷을 갈아입고 그리고 예년 10월 24일경에는 사체가 며칠 만이면 썩기 시작하는지 곰곰 생각하면서 모자를 쓰고 인사하듯 다시 벗어 들고 그리고 방―연이와 반년 침식을 같이하던 냄새나는 방을 휘― 둘러 살피자니까 하나 사다 놓네 놓네, 하고 기어이 뜻을 이루지 못한 금붕어도―이 방에는 가을이 이렇게 짙었건만 국화 한 송이 장식이었다.

4

그러나 C 양의 방에는 지금—고향에서는 스케이트를 지친다는데—국화 두 송이가 참 싱싱하다.

이 방에는 C 군과 C 양이 산다. 나는 C 양더러 '부인'이라고 그랬더니 C 양은 성을 냈다. 그러나 C 군에게 물어보면 C 양은 '아내'란다. 나는 이 두 사람 중의 누구라고 정하지 않고 내 동경 생활이 하도 적막해서 지금 이 방에 놀러 왔다.

언더 더 워치—시계 아래서의 렉처lecture는 끝났는데 C 군은 조선 곰방대를 피우고 나는 눈을 뜨지 않는다. C 양의 목소리는 꿈같다. 인토네이션intonation이 없다. 흐르는 것같이 끊임없으면서 아주 조용하다.

나는 그만 가야겠다.

「선생님(이것은 실로 이상 옹을 지적하는 참담한 인칭 대명사다), 왜 그러세요— 이 방이 기분이 나쁘세요? (기분? 기분이란 말은 필시 조선말은 아니리라.) 더 놀다 가세요— 아직 주무실 시간도 멀었는데 가서 뭐하세요? 네? 얘—기나 하세요.」

나는 잠시 그 계간 유수 같은 목소리의 주인 C 양의 얼굴을 들여다본다. C 군이 범과 같이 건강하니까 C 양은 혈색이 없이 입술조차 파르스레하다. 이 오사게라는 머리를 한 소녀는 내일 학교에 간다. 가서 언더 더 워치의 계속을 배운다.

사람이—

비밀이 없다는 것은 재산 없는 것처럼 가난하고 허전한 일이다.

강사는 C 양의 입술이 C 양이 좀 횟배를 앓는다는 이유 외에 또 무슨 이유로 조렇게 파르스레한가를 아마 모르리라.

강사는 맹랑한 질문 때문에 잠깐 얼굴을 붉혔다가 다시 제 지위의 현격히 높은 것을 느끼고 그리고 외쳤다.

「쪼꾸만 것들이 무얼 안다고—.」

그러나 연이는 히힝 하고 코웃음을 쳤다. 모르기는 왜 몰라—연이는 지금 방년이 20, 열여섯 살 때 즉 연이가 여고 때 수신과 체조를 배우는 여가에 간단한 속옷을 찢었다. 그러고 나서 수신과 체조는 여가에 가끔

하였다.

여섯— 일곱— 여덟— 아홉— 열—.

다섯 해—개 꼬리도 3년만 묻어두면 황모가 된다든가 안 된다든가 원—.

수신 시간에는 학감 선생님, 할팽 시간에는 올드미스 선생님, 국문 시간에는 곰보딱지 선생님—.

「선생님, 선생님— 이 귀염성스럽게 생긴 연이가 엇저녁에 무엇을 했는지 알아내면 용하지.」

흑판 위에는 '요조숙녀'라는 액[4]의 흑색이 임리하다[5].

「선생님, 선생님— 제 입술이 왜 요렇게 파르스레한지 알아맞히신다면 참 용하지.」

연이는 음벽정에 가던 날도 R 영문과에 재학 중이다. 전날 밤에는 나와 만나서 사랑과 장래를 맹서하고 그 이튿날 낮에는 기싱과 호손을 배우고 밤에는 S와 같이 음벽정에 가서 옷을 벗었고 그 이튿날은 월요일이기 때문에 나와 같이 같은 동소문 밖으로 놀러 가서 베제[6]했다. S도 K 교수도 나도 연이가 엇저녁에 무엇을

4. 그림을 그리거나 글씨를 써서 걸어놓는 액자.
5. 피, 땀, 물 따위의 액체가 흘러 흥건하다.
6. baiser, 키스.

했는지 모른다. S도 K 교수도 나도 바보요, 연이만이 홀로 눈 가리고 야웅 하는 데 희대의 천재다.

연이는 N 빌딩에서 나오기 전에 WC라는 데를 잠깐 들르지 않으면 안 되었다. 나오면 남대문통 15간 대로 GO STOP의 인파.

「여보시오, 여보시오. 이 연이가 조 2층 바른편에서부터 둘째 S 씨의 사무실 안에서 지금 무엇을 하고 나왔는지 알아맞히면 용하지.」

그때에도 연이의 살결에서는 능금과 같은 신선한 생광이 나는 법이다. 그러나 불쌍한 이상 선생님에게는 이 복잡한 교통을 향하여 빈정거릴 아무런 비밀의 재료도 없으니 내가 재산 없는 것보다도 더 가난하고 싱겁다.

「C 양! 내일도 학교에 가셔야 할 테니까 일찍 주무셔야지요.」

나는 부득부득 가야겠다고 우긴다. C 양은 그럼 이 꽃 한 송이 가져다가 방에다 꽂아놓으란다.

「선생님 방은 아주 살풍경이라지요?」

내 방에는 화병도 없다. 그러나 나는 두 송이 가운데 흰 것을 달래서 왼편 깃에다가 꽂았다. 꽂고 나는 밖으로 나왔다.

5

국화 한 송이도 없는 방 안을 휘— 한번 둘러보았다. 잘—하면 나는 이 추악한 방을 다시 보지 않아도 좋을 수—도 있을까 싶었기 때문에 내 눈에는 눈물도 고일밖에—.

나는 썼다 벗은 모자를 다시 쓰고 나니까 그만하면 내 연이에게 대한 인사도 별로 유루[7] 없이 다 된 것 같았다.

연이는 내 뒤를 서너 발자국 따라왔던가 싶다. 그러나 나는 예넌 10월 24일경에는 사체가 며칠 만이면 상하기 시작하는지 그것이 더 급했다.

「상! 어디 가세요?」

나는 얼떨결에 되는 대로

「동경.」

물론 이것은 허담이다. 그러나 연이는 나를 만류하지 않는다. 나는 밖으로 나갔다.

나왔으니, 자— 어디로 어떻게 가서 무엇을 해야 되누.

해가 서산에 지기 전에 나는 이삼일 내로는 반드시 썩기 시작해야 할 한 개 '사체'가 되어야만 하겠는데,

7. 빠져나가거나 새어 나감.

도리는?

도리는 막연하다. 나는 10년 긴— 세월을 두고 세수할 때마다 자살을 생각하여왔다. 그러나 나는 결심하는 방법도 결행하는 방법도 아무것도 모르는 채다.

나는 온갖 유행 약을 암송하여보았다.

그러고 나서는 인도교, 변전소, 화신상회 옥상, 경원선, 이런 것들도 생각해보았다.

나는 그렇다고—정말 이 온갖 명사의 나열은 가소롭다—아직 웃을 수는 없다.

웃을 수는 없다. 해가 저물었다. 급하다. 나는 어딘지도 모를 교외에 있다. 나는 어쨌든 시내로 들어가야만 할 것 같았다. 시내—사람들은 여전히 그 알아볼 수 없는 낯짝들을 쳐들고 와글와글 야단이다. 가등이 안갯속에서 축축해한다. 영경[8] 윤돈[9]이 이렇다지—.

6

NAUKA사가 있는 진보초 스즈란도에는 고본 야시가

8. 英京, 영국
9. 倫敦, 런던

선다. 선달 대목—이 스즈란도도 곱게 장식되었다. 이슬비에 젖은 아스팔트를 이리 디디고 저리 디디고 저녁 안 먹은 내 발길은 자못 창량[10]하였다. 그러나 나는 최후의 20전을 던져 타임스판 상용 영어 4천 자라는 서적을 샀다. 4천 자—.

4천 자면 참 많은 수효다. 이 해양만 한 외국어를 겨드랑에 낀 나는 섣불리 배고파할 수도 없다. 아—나는 배부르다.

진따—(옛날 활동사진 상설관에서 사용하던 취주악대) 진동야의 진따가 슬프다.

진따는 전원 네 사람으로 조직되었다. 대목의 한몫을 보려는 소백화점의 번영을 위하여 이 네 사람은 클라리넷과 코넷과 북과 소고를 가지고 선조 유신 당초에 부르던 유행가를 연주한다. 그것은 슬프다 못해 기가 막히는 가각 풍경이다. 왜? 이 네 사람은 네 사람이 다 묘령의 여성들이더니라. 그들은 똑같이 진홍색 군복과 군모와 '꼭구마[11]'를 장식하였더니라.

10. 비틀거리는 모양.
11. 말총으로 만들어 군졸의 벙거지 뒤에 길게 늘여 꽂던 붉은 털.

아스팔트는 젖었다. 스즈란도 좌우에 매달린 그 은방울꽃 모양 가등도 젖었다. 클라리넷 소리도—눈물에—젖었다.

그리고 내 머리에는 안개가 자옥—이 끼었다.

영경 윤돈이 이렇다지?

「이상!은 무슨 생각을 그렇게 하십니까?」

남자의 목소리가 내 어깨를 쳤다. 법정 대학 Y 군, 인생보다는 연극이 재미있다는 이다. 왜? 인생은 귀찮고 연극은 실없으니까.

「집에 갔더니 안 계시길래!」

「죄송합니다.」

「엠프레스에 가십시다.」

「좋—지요.」

ADVENTURE IN MANHATTAN에서 진 아서가 커피 한잔 맛있게 먹더라. 크림을 타 먹으면 소설가 구보 씨가 그랬다—쥐 오줌 내가 난다고. 그러나 나는 조엘 맥크리어만큼은 맛있게 먹을 수 있었으니—.

MOZART의 41번은 '목성'이다. 나는 몰래 모차르

트의 환술을 투시하려고 애를 쓰지만 공복으로 하여 적이 어지럽다.

「신주쿠 가십시다.」

「신주쿠라?」

「NOVA에 가십시다.」

「가십시다. 가십시다.」

마담은 루바시카. 노바는 에스페란토. 헌팅을 얹은 놈의 심장을 아까부터 벌레가 연해 파먹어 들어간다. 그러면 시인 지용이여! 이상은 물론 자작의 아들도 아무것도 아니겠습니다그려!

12월의 맥주는 선뜩선뜩하다. 밤이나 낮이나 감방은 어둡다는 이것은 고리키의 『나드네[12]』 구슬픈 노래, 이 노래를 나는 모른다.

7

밤이나 낮이나 그의 마음은 한없이 어두우리라. 그러나 유정아! 너무 슬퍼 마라. 너에게는 따로 할 일이 있느니라.

12. 막심 고리키의 희곡. '밤 주막', '밑바닥', '밑바닥에서' 등으로 불림.

이런 지비가 붙어있는 책상 앞이 유정에게 있어서는 생사의 기로다. 이 칼날같이 선 한 지점에 그는 앉지도 서지도 못하면서 오직 내가 오기를 기다렸다고 울고 있다.

「각혈이 여전하십니까?」

「네— 그저 그날이 그날 같습니다.」

「치질이 여전하십니까?」

「네— 그저 그날이 그날 같습니다.」

안갯속을 헤매던 내가 불현듯이 나를 위하여는 마코[13]—두 갑, 그를 위하여는 배 10전어치를, 사 가지고 여기 유정을 찾은 것이다. 그러나 그의 유령 같은 풍모를 도회하기 위하여 장식된 무성한 화병에서까지 석탄산 냄새가 나는 것을 지각하였을 때는 나는 내가 무엇하러 여기 왔나를 추억해볼 기력조차도 없어진 뒤였다.

「신념을 빼앗긴 것은 건강이 없어진 것처럼 죽음의 꼬임을 받기 마치 쉬운 경우더군요.」

「이상 형! 형은 오늘이야 그것을 빼앗기셨습니까?

13. 1930년대 저렴한 가격으로 인기를 얻었던 담배.

인제— 겨우— 오늘이야— 겨우— 인제.」

유정! 유정만 싫다지 않으면 나는 오늘 밤으로 치러버리고 말 작정이었다. 한 개 요물에게 부상해서 죽는 것이 아니라 27세를 일기로 하는 불우의 천재가 되기 위하여 죽는 것이다.

유정과 이상—이 신성불가침의 찬란한 정사情死—이 너무나 엄청난 거짓을 어떻게 다 주체를 할 작정인지.

「그렇지만 나는 임종할 때 유언까지도 거즛말을 해줄 결심입니다.」

「이것 좀 보십시오.」

하고 풀어 헤치는 유정의 젖가슴은 초롱草籠보다도 앙상하다. 그 앙상한 가슴이 부풀었다 구겼다 하면서 단말마의 호흡이 서글프다.

「명일의 희망이 이글이글 끓습니다.」

유정은 운다. 울 수 있는 외의 그는 온갖 표정을 다 망각하여버렸기 때문이다.

「유 형! 저는 내일 아침 차로 동경 가겠습니다.」

「……….」

「또 뵈옵기 어려울걸요.」

「……….」

그를 찾은 것을 몇 번이고 후회하면서 나는 유정을 하직하였다. 거리는 늦었다. 방에서는 연이가 나 대신 내 밥상을 지키고 앉아서 아직도 수없이 지니고 있는 비밀을 만지작만지작하고 있었다. 내 손은 연이 뺨을 때리지는 않고 내일 아침을 위하여 짐을 꾸렸다.

「연이! 연이는 야웅의 천재요. 나는 오늘 불우의 천재라는 것이 되려다가 그나마도 못 되고 도루 돌아왔소. 이렇게 이렇게! 응?」

8

나는 버티다 못해 조그만 종잇조각에다 이렇게 적어 그놈에게 주었다.

「자네도 야웅의 천재인가? 암만해도 천재인가 싶으이. 나는 졌네. 이렇게 내가 먼저 지껄였다는 것부터가 패배를 의미하지.」

일고[14] 휘장이다. HANDSOME BOY—해협 오전 두 시의 망토를 두르고 내 곁에 가 버티고 앉아서 동動

14. 제일고등학교.

치 않기를 한 시간(이상以上?).

나는 그동안 풍선처럼 잠자코 있었다. 온갖 재주를 다 피워서 이 미목수려한 천재로 하여금 먼저 입을 열도록 갈팡질팡했건만 급기야 나는 졌다. 지고 말았다.

「당신의 텁석부리는 말을 연상시키는구려. 그러면 말아! 다락같은 말아! 귀하는 점잖기도 하다마는 또 귀하는 왜 그리 슬퍼 보이오? 네?」(이놈은 무례한 놈이다.)

「슬퍼? 응— 슬플밖에— 20세기를 생활하는데 19세기의 도덕성밖에는 없으니 나는 영원한 절름발이로다. 슬퍼야지— 만일 슬프지 않다면— 나는 억지로라도 슬퍼해야지— 슬픈 포즈라도 해 보여야지— 왜 안 죽느냐고? 헤헹! 내게는 남에게 자살을 권유하는 버릇밖에 없다. 나는 안 죽지. 이따가 죽을 것만같이 그렇게 중속[15]을 속여주기만 하는 거야. 아— 그러나 인제는 다 틀렸다. 봐라. 내 팔. 피골이 상접. 아야아야. 웃어야 할 터인데 근육이 없다. 울려야 근육이 없다. 나

15. 여러 사람이 따르는 습관이나 풍속.

는 형해다. 나—라는 정체는 누가 잉크 짓는[16] 약으로 지워버렸다. 나는 오직 내—흔적일 따름이다.」

NOVA의 웨이트리스 나미코는 아부라에[17]라는 재주를 가진 노라의 따님 코론타이의 누이동생이시다. 미술가 나미코 씨와 극작가 Y 군은 4차원 세계의 테마를 불란서 말로 회화한다.

불란서 말의 리듬은 C 양의 언더 더 워치 강의처럼 애매하다. 나는 하도 답답해서 그만 울어버리기로 했다. 눈물이 좔좔 쏟아진다. 나미코가 나를 달랜다.

「너는 뭐냐? 나미코? 너는 엊저녁에 어떤 마치아이[18]에서 방석을 베고 15분 동안— 아니 아니, 어떤 빌딩에서 아까 너는 걸상에 포개 앉었었느냐 말해라— 헤헤— 음벽정? N 빌딩 바른편에서부터 둘째 S의 사무실? (아— 이 주책없는 이상아, 동경에는 그런 것은 없습네.) 계집의 얼굴이란 다마네기다. 암만 벗겨보려무나. 마즈막에 아주 없어질지언정 정체는 안 내놓느니.」

16. 지우는.
17. 유화.
18. 약속 장소.

신주쿠의 오전 한 시—나는 연애보다도 우선 담배를 피우고 싶었다.

9

12월 23일 아침 나는 진보초 누옥 속에서 공복으로 하여 발열하였다. 발열로 하여 기침하면서 두 벌 편지는 받았다.

「저를 진정으로 사랑하시거든 오늘로라도 돌아와 주십시오. 밤에도 자지 않고 저는 형을 기다리고 있습니다. 유정.」

「이 편지 받는 대로 곧 돌아오세요. 서울에서는 따뜻한 방과 당신의 사랑하는 연이가 기다리고 있습니다. 연 서書.」

이날 저녁에 부질없는 향수를 꾸짖는 것처럼 C 양은 나에게 백국 한 송이를 주었느니라. 그러나 오전 한 시 신주쿠 역 폼에서 비칠거리는 이상의 옷깃에 백국은 간데없다. 어느 장화가 짓밟았을까? 그러나—검정 외투에 조화를 단, 댄서 한 사람. 나는 이국종 강아지올시다. 그러면 당신께서는 또 무슨 방석과 걸상의 비밀을 그 농화장 그늘에 지니고 계시나이까?

사람이 — 비밀 하나도 없다는 것이 참 재산 없는 것보다도 더 가난하외다그려! 나를 좀 보시지요?

『문장』, 1939.3, 53~66쪽.

김유정

암만해도 성을 안 낼 뿐만 아니라 누구를 대할 때든지 늘 좋은 낯으로 해야 쓰느니 하는 타입의 우수한 견본이 김기림이라.

좋은 낯을 하기는 해도 적敵이 비례[1]를 했다거나 끔찍이 못난 소리를 했다거나 하면 잠자코 속으로만 꿀꺽 업신여기고 그만두는 그러기 때문에 근시 안경을 쓴 위험인물이 박태원이다.

업신여겨야 할 경우에 「이놈! 네까짓 놈이 뭘 아느냐.」라든가 성을 내면 「여! 어디 덤벼봐라.」쯤 할 줄

1. 예의에 어긋남.

아는, 하되, 그저 그럴 줄 알다 뿐이지 그만큼 해두고 주저앉는 파에, 고만 이유로 코밑에 수염을 저축한 정지용이 있다.

모자를 홱 벗어 던지고 두루마기도 마고자도 민첩하게 턱 벗어 던지고 두 팔 홀떡 부르걷고 주먹으로는 적의 볼 마구리를 발길로는 적의 사타구니를 격파하고도 오히려 행유여력[2]에 엉덩방아를 찧고야 그치는 희유의 투사가 있으니 김유정이다.

누구든지 속지 마라. 이 시인 가운데 쌍벽과 소설가 중 쌍벽은 약속하고 분만된 듯이 교만하다. 이들이 무슨 경우에 어떤 얼굴을 했댔자 기실은 그 교만에서 산출된 표정의 디포메이션deformation 외의 아무것도 아니니까 참 위험하기 짝이 없는 분들이라는 것이다.

이분들을 설복할 아무런 학설도 이 천하에는 없다. 이렇게들 또 고집이 세다.

나는 자고로 이렇게 교만하고 고집 센 예술가를 좋아한다. 큰 예술가는 그저 누구보다도 교만해야 한다

2. 일을 다 하고도 오히려 힘이 남음.

는 일이 내 지론이다.

다행히 이 네 분은 서로들 친하다. 서로 친한 이분들과 친한 나 불초 이상이 보니까 여상[3]의 성격의 순차적 차이가 있는 것은 재미있다. 이것은 혹 불행히나 혼자의 재미에 그칠는지 우려지만 그래도 좀 재미있어야 되겠다.

작품 이외의 이분들의 일을 적확히 묘파해서 써내비교 교우학을 결정적으로 여실히 하겠다는 비장한 복안이거늘,

소설을 쓸 작정이다. 네 분을 각각 주인으로 하는 네 편의 소설이다.

그런데 족보에 없는 비평가 김문집 선생이 내 소설에 59점이라는 좀 참담한 채점을 해놓으셨다. 59점이면 낙제다. 한 끗만 더 했다면—그러니까 서울말로 '낙제 첫째'다. 나는 참 낙담했습니다. 다시는 소설을 안 쓸 작정입니다—는 즉 거짓말이고, 이 경우에 내 어쭙잖은 글이 네 분의 심사를 건드린다거나 읽는 이들의 조소를 산다거나 하지나 않을까 생각을 하니

3. 위와 같다.

아닌 게 아니라 등허리가 꽤 서늘하다.

그렇거든 59점짜리가 그럼 그렇지, 하고 그저 눌러 덮어주어야겠고 뜻밖에 제법 되었거든 네 분이 선봉을 서서 김문집 선생께 좀 잘 좀 말해주셔서 부디 급제 좀 시켜주시기 바랍니다.

김유정 편

이 유정은 겨울이면 모자를 쓰지 않는다. 그러면 탈모인가? 그의 그 더벅머리 위에는 참 우글쭈글한 벙거지가 얹혀있는 것이다. 나는 걸핏하면

「김 형! 그 김 형이 쓰신 모자는 모자가 아닙니다.」

「김 형(이 김 형이라는 호칭인즉슨 이상을 가리키는 말이다)! 거 어떡허시는 말씀입니까.」

「거 벙거지, 벙거지지요.」

「벙거지! 벙거지! 옳습니다.」

태원도 회남도 유정의 모자 자격을 인정하지 않는다. 벙거지라고밖에!

엔간해서 술이 잘 안 취하는데 취하기만 하면 딴사

람이 되고 만다. 그것은 무엇을 보고 아느냐 하면―.

보통으로 주먹을 쥐고 쓱 둘째 손가락만 쪽 펴면 사람 가리키는 신호가 되는데 이래가지고는 그 벙거지 차양 밑을 후벼 파면서 나사못 박는 흉내를 내는 것이다. 하릴없이 젖먹이 곤지곤지 형용에 틀림없다.

창문사에서 내가 집무랍시고 하는 중에 떠억 나를 찾아온다. 와서는 내 집무 책상 앞에 마주 앉는다. 앉아서는 바윗덩어리처럼 말이 없다. 난들 또 무슨 그리 신통한 이야기가 있으리오. 그저 서로 벙벙히 앉았는 동안에 나는 나대로 교정 등속 일을 한다. 가지가지 부호를 써서 내가 교정을 보고 있노라면 그는 불쑥

「김 형! 거 지금 그 표는 어떡허라는 푠구요?」

이런다. 그럼 나는 기가 막혀서

「이거요, 글자가 곤두섰으니 바루 놓으란 표지요.」

하고 나서는 또 그만이다. 이렇게 평소의 유정은 뚱보다. 이런 양반이 그 곤지곤지만 시작되면 통성 다시 해야 한다.

그날 나도 초저녁에 술을 좀 먹고 곤해서 한참 자는데 별안간 대문을 뚜드리는 소리가 요란하다. 한 시나 가까웠는데— 하고 눈을 비비고 나가보니까 유정이 B 군과 S 군과 작반해 와서 이 야단이 아닌가. 유정은 연해 성히 곤지곤지 중이다. 나는 일견에 '익키! 이건 곤지곤지구나.' 하고 내심 벌써 각오한 바가 있자니까 나가잔다.

「김 형! 이 유정이가 오늘 술, 좀, 먹었습니다. 김 형! 우리 또 한잔허십시다.」

「아따, 그러십시다그려.」

이래서 나도 내 벙거지를 쓰고 나섰다.

나는 단박에 취해버려서 역시 그 비장의 가요를 기탄없이 내뽑은가 싶다. 이렇게 밤이 늦었는데 가무음곡으로써 가구[4]를 소란케 하는 것은 법규상 안 된다. 그래 주파[5]가 이러니저러니 좀 했더니 S 군과 B 군은 불온하기 짝이 없는 언사로 주파를 탄압하면, 유정은 또 주파를 의미 깊게 흘낏, 한 번 흘겨보더니

4. 길거리.
5. 술을 파는 늙은 여자.

「김 형! 우리 소리합시다.」

하고 그 척척 붙어 올라올 것 같은 끈적끈적한 목소리로 '강원도 아리랑 팔만구암자'를 내뽑는다. 이 유정의 '강원도 아리랑'은 바야흐로 천하일품의 경지다.

나는 소독 젓가락으로 추어탕 보시기[6] 전[7]을 갈기면서 장단을 맞춰 좋아하는데 가만히 보니까 한쪽에서 S 군과 B 군이 불화다. 취중 문학담이 자연 아마 그리된 모양인데 부전부전하게 유정이 또 거기 가 한몫 끼이는 것이다. 나는 술들이나 먹지 저 왜들 저러누, 하고 서서 보고만 있자니까 유정이 예의 그 벙거지를 떡 벗어 던지더니 두루마기, 마고자, 저고리를 차례로 벗어젖히고는 S 군과 맞달라붙는 것이 아닌가.

싸움의 테마는 아마 춘원의 문학적 가치 운운이던 모양인데 어쨌든 피차 어지간히들 취중이라 문학은 저리 집어치우고 인제 문제는 체력이다. 뺨도 치고 제법 태권도들 한다. S 군은 이리 비칠 저리 비칠 하면서 유정의 착의일식을 주워 들고 바—로 뜯어말린

6. 사발처럼 생긴 그릇.
7. 물건의 위쪽 가장자리가 조금 넓적하게 된 부분.

답시고 한가운데 가 끼어서 꾸기적꾸기적하는데 가는 발길 오는 발길에 이래저래 피해가 많은 꼴이다.

놀란 것은 주파와 나다.

주파는 술은 더 못 팔아도 좋으니 이분들을 좀 밖으로 모셔내라는 애원이다. 나는 B 군과 협력해서 가까스로 용사들을 밖으로 끌고 나오기는 나왔으나 이번에는 자동차가 줄 대서 왕래하는 대로 한복판에서들 활약이다. 구경꾼이 금시로 모여든다. 용사들의 사기는 백열화한다.

나는 섣불리 좀 뜯어말리는 체하다가 얼떨결에 벙거지 벗어진 것이 당장 용사들의 군용화에 유린을 당하고 말았다. 그만 나는 어이가 없어서 전선주에 가기대서서 이 만화를 서서히 감상하자니까—.

B 군은 이건 또 언제 어디서 획득했는지 모를 5홉들이 술병을 거꾸로 쥐고 육모방망이 내휘두르듯 하면서 중재 중인데 여전히 피해가 많다. B 군은 이윽고 그 술병을 한 번 허공에 한층 높이 내휘두르더니 그 우렁찬 목소리로 산명곡응하라고 최후의 대갈일성을 시험해도 전황은 여전하다.

B 군은 그만 화가 벌컥 난 모양이다. 그 술병을 지면 위에다 내던지고 가로되

「네놈들을 내 한꺼번에 죽이겠다.」

고 결의의 빛을 표시하더니 좌충우돌로 동에 번쩍 서에 번쩍 S 군, 유정의 분간이 없이 막 구타하기 시작이다.

이 광경을 본 나도 놀랐거니와 더욱 놀란 것은 전사두 사람이다. 여태껏 싸움 말리는 역할을 하노라고 하던 B 군이 별안간 이처럼 태도를 표변하니 교전하던 양인이 놀라지 않을 수가 없다.

B 군은 우선 유정의 턱 밑을 주먹으로 공격했다. 경악한 유정은 방어의 자세를 취하면서 한쪽으로 비키니까 B 군은 이번에는 S 군을 걷어찼다. S 군은 눈이 뚱그래서 이 역[8] 한편으로 비키면서 이건 또 무슨 생각으로

「너! 유정이! 뎀벼라.」

「오냐! S! 너! 나헌테 좀 맞어봐라.」

8. 亦, 역시

하면서 원래의 적이 다시금 달라붙으니까 B 군은 그냥 두 사람을 얼러서 걷어차면서 주먹비를 내리우는 것이다. 두 사람은 일제히 공세를 B 군에게로 모아가지고 쉽사리 B 군을 격퇴한 다음 이어 본전을 계속 중에 B 군은 이번에는 S 군의 불두덩을 걷어찼다. 노발대발한 S 군은 B 군을 향하여 맹렬한 일축을 수행하니까 이 틈을 타서 유정은 S 군에게 이 또한 그만 못지않은 일축을 결행한다. 이러면 B 군은 또 선수를 돌려 유정을 겨누어 거룩한 일축을 발사한다. 유정은 S 군을, S 군은 B 군을, B 군은 유정을, 유정은 S 군을, S 군은—.

이것은 그냥 상상만으로도 족히 포복절도할 절경임에 틀림없다. 나는 그만 내 벙거지가 여지없이 파멸한 것은 활연히 잊어버리고 웃음보가 곧 터질 지경인 것을 억지로 참고 있자니까 사람은 점점 꼬여드는데 이 진무류의 혼전은 언제나 끝날는지 자못 묘연하다.

이때 옆 골목으로부터 순행하던 경관이 칼 소리를 내면서 나왔다. 나와서 가만히 보니까 이건 싸움은 싸움인 모양인데 대체 누가 누구하고 싸우는 것인지 종을 잡을 수가 없는 것이다.

경관도 기가 막혀서

'이게 날이 너무 춥더니 실진들을 한 게로군.'

하는 모양으로 뒷짐을 지고 서서 한참이나 원망한[9] 끝에 대갈일성.

「가엣[10]!」

나는 이 추운 날 유치장에를 들어갔다가는 큰일이겠으므로

「곧 집으로 데리구 가겠습니다. 용서하십쇼. 술들이 몹시 취해 그렇습니다.」

하고 고두백배한 것이다.

경관의 두 번째 '가에렛' 소리에 겨우 이 삼국지는 아마 종식하였던가 한다.

이 이야기를 듣고 태원이 「거 요코미쓰 리이치의 『기계[11]』 같소그려.」 하였다. (물론 이 세 동무는 그 이튿날은

9. 멀리 바라보다.

10. 돌아가라는 뜻의 일본어.

11. 1930년대 일본 모더니즘 소설.

언제 그런 일 있었더냐는 듯이 계속하여 정다웠다.)

유정은 폐가 거의 결단이 나다시피 못쓰게 되었다. 그가 웃통 벗은 것을 보았는데 기구한 척신[12]이 나와 비슷하다. 늘

「김 형이 그저 두 달만 약주를 끊었으면 건강해지실 텐데.」

해도 막 무가내하[13]더니 지난 7월 달부터 마음을 돌려 정릉리 어느 절간에 숨어 정양 중이라니, 추풍[14]이 점기[15]에 건강한 유정을 맞을 생각을 하면 나도 독자도 함께 기쁘다.

『청색지』, 1939.5, 89~94쪽.

12. 여윈 몸.
13. 무가내하는 막무가내와 같은 말.
14. 가을 바람.
15. 점점 일어나다.

지팡이 역사[1]

아침에 깨기는 일찍 깨었다는 증거로 닭 우는 소리를 들었는데 또 생각하면 여관으로 돌아오기를 닭이 울기 시작한 후에—참 또 생각하면 그 밤중에 달도 없고 한 시골길을 닷 마장이나 되는 읍내에서 어떻게 걸어서 돌아왔는지 술을 먹어서 하나도 생각이 안 나지만 둘이 걸어오면서 S가 코를 곤 것은 기억합니다. 여관 주인아주머니가 아주 듣기 싫은 여자 목소리로「김 상! 오정이 지났는데 무슨 잠이오. 어서 일어나요.」그러는 바람에 일어나보니까 잠은 한잠도 못 잔 것 같은데

1. 轢死, 차에 치여 죽음.

시계를 보니까 아홉 시 반이니까 오정이란 말은 여관 주인아주머니 에누리가 틀림없습니다. 곁에서 자던 S는 벌써 담배로 꽁다리 네 개를 만들어놓고 어디로 나갔는지 없고 내가 늘 흉보는 S의 인생관을 꾸려 넣어 가지고 다니는 것 같은 참 궁상스러운 가방이 쭈글쭈글하게 놓여있고 그 속에는 S의 저서가 들어있을 것이 분명합니다. 양말을 신지 않은 채로 구두를 신었더니 좀 못 박힌 모서리가 아파서 안되었길래 다시 양말을 신고 구두를 신고 툇마루에 걸터앉아서 S가 어디로 갔나, 하고 생각하고 있으려니까 건너편 방에서 묵고 있는 참 뚱뚱한 사람이 나를 자꾸 보길래 좀 계면쩍어서 문밖으로 나갔더니 문 앞에 늑대같이 생긴 시골뜨기 개가 두 마리가 나를 번갈아 훌낌훌낌 치어다보길래 그것도 싫어서 도로 툇마루로 오니까 그 뚱뚱한 사람은 부처님처럼 아까 앉았던 고대로 앉은 채 또 나를 보길래, 참 별사람도 다 많군, 왜 내 얼굴에 무에 묻었나, 그런 생각에 또 대문간으로 나가니까 그때야 S가 어슬렁어슬렁 이리로 오면서 내 얼굴을 보더니 공연히 싱글벙글 웃길래 나는 또 나대로 공연히

한 번 싱글벙글 웃었습니다. 대체 어디를 갔다 왔느냐고 그랬더니 참 새벽에 일어나서 수십 리 길을 걸었는데 그것도 모르고 여태 잤느냐고 나더러 게으른 사람이라고 그러길래 대체 어디 어디를 갔다 왔는지 일러바쳐 보라고 그랬더니 문무정에 가서 영감님하고 기생이 활 쏘는 것을 맨 처음에 보고—그래서 나는 무슨 기생이 새벽부터 활을 쏘느냐고 그랬더니 그 대답은 아니 하고 또 문회서원에 가서 팔 선생의 사당을 보고 기운정에 가서 약물을 먹고 오는 길이라고 그러길래 내가 가만히 쳐다보니까 참 수십 리 길에 틀림은 없지만 그게 원 정말인지 곧이들리지는 않는다고 그랬더니 '에하가키[2]'를 내어놓으면서 저 건너 천일각 식당에 가서 커피를 한 잔 먹고 왔으니까 탐승[3] 비용은 10전이라고 그러길래 나는 내가 이렇게 싱겁게 S에게 속은 것은 잠이 덜 깨었거나 잠이 모자라는 까닭이라고 그랬더니 참 그렇다고 나도 잠이 모자라서 죽겠다고 S는 그랬습니다.

2. 그림엽서.
3. 경치 좋은 곳을 찾아다님.

밥상이 들어왔습니다. 반찬이 열 가지나 되는데 풋고추로 만든 것이 다섯 가지—내 마음에 꼭 들었습니다. 여관 주인아주머니가 오더니 찬은 없지만 많이 먹으라고 그러길래 구첩반상이 찬이 없으면 찬 있는 밥상은 그럼 찬을 몇 가지나 놓아야 되느냐고 그랬더니 가짓수는 많지만 입에 맞지 않을 것이라고 그러면서 그래도 여전히 많이 먹으라고 그러길래 아주머니는 공연히 천만의 말씀이라고 그랬더니 그렇지만 소고기만은 서울서 얻어먹기 어려운 것이라고 그러길래 서울서도 소고기는 팔아도 경찰서에서 꾸지람하지 않는다고 그랬더니 그런 게 아니라 송아지 고기가 어디 있겠느냐고 그럽니다. 나는 상에 놓인 송아지 고기를 다 먹은 뒤에 냉수를 청하였더니 아주머니가 손수 가져오는지라 죄송스럽다고 그러니까 이 냉수 한 지게에 5전 하는 줄은 김 상이 서울 살아도—서울 사니까 모르리라고 그러길래 그것은 또 어째서 그렇게 냉수가 값이 비싸냐고 그랬더니 이 온천 일대가 어디를 파든지 펄펄 끓는 물밖에는 안 솟는 하느님한테 죄받은 땅이 되어서 냉수가 먹고 싶으면 보통 같으면 거저 주는 온천물을 듬뿍 길어다가 잘 식혀서 냉수를 만들어서 먹을 것이로되 유황 냄새가 몹시 나는 고로 서울서 수돗물만 홀짝홀짝 마시고 살아오던 손님들이 딱 질색들을 하는 고로 부득이 지게를 지고 한 마장이나 넘는 정거장까지 냉수를 한 지게에 5전씩을 주고 사서 길어다 먹는데 너무 거리가 멀어서 물통이 좀 새든지 하면 5전어치를 사도 2전어치밖에 못 얻어먹으니 셈을 따지고 보면 이 냉수는 한 대접에 1전씩은 받아야 경우가 옳은 것이 아니냐고 아주머니는 그러는지라 그것참 수고가 많으시다고, 그럼 이 냉수는 특별히 조심조심하여서 마시겠다고 그랬더니 그렇지만 냉수는 얼마든지 거저 드릴 것이니 염려 말고 꿀떡꿀떡 먹으라고 그러는 말을 듣고서야 S와 둘이 비로소 마음 놓고 벌떡벌떡 먹었습니다.

발동기 소리가 온종일 밤새도록 탕탕탕탕 나는 것이 하릴없이 항구에 온 것 같은 기분이 난다고 S가 그러는데 알고 보니까 그게 바로 한 지게에 5전씩 하는 질기고 튼튼한 냉수를 길어 올리는 '펌프 모터' 소리인 줄 누가 알았겠습니까.

밥값을 치르려고 얼마냐고 그러니까 엊저녁을 안 먹었으니까 70전씩 1원 40전만 내라고 그러는지라 1원짜리 두 장을 주니까 거스를 돈이 없는데 나가서 다른 집에 가서 바꾸어가지고 오겠다고 그러는 것을 말리면서 그만두라고 그만두고 나머지는 아주머니 왜떡을 사 먹으라고 그러고 나서 생각을 하니까 아주머니더러 왜떡을 사 먹으라는 것도 좀 우습기도 하고 하지만 또 돈 60전을 가지고 '파라솔'을 사 가지라고 그럴 수도 없고 말인즉 잘한 말이라고 생각하고 나니까 생각나는 것이 주인아주머니에게는 슬하에 일점혈육으로 귀여운 따님이 한 분 계신데 나이는 세 살입니다. 깜박 잊어버리고 따님 왜떡을 사주라고 그렇게 가르쳐주지 못한 것은 퍽 유감입니다. 주인 영감을 못 보고 가는 것 같은데 섭섭하다고 그러면서 주인 영감은 어디를 이렇게 볼일을 보러 갔느냐고 그러니까 '세루' 양복을 입고 '넥타이'를 매고 읍내에 들어갔다고 아주머니는 그러길래 나는 안녕히 계시라고 인사를 하고 곧 두 사람은 정거장으로 나갔습니다.

대체로 이 황해선이라는 철도의 '레일' 폭은 너무

좁아서 똑 '트럭 레일' 폭만 한 것이 참 앙증스럽습니다. 그리로 굴러다니는 기차 그 기차를 끌고 달리는 기관차야말로 가엾어 눈물이 날 지경입니다. 그야말로 사람이 치이면 사람이 다칠는지 기관차가 다칠는지 참 알 수 없을 만치 귀엽고도 갸륵한 데다가 그래도 '크로싱'에 오면 말뚝에다가 간판을 써서 가로되 '기차에 조심' 그것을 읽은 다음에 나는 S더러 농담으로 그 간판을 사람에서 보이는 쪽에는 '기차에 조심' 그렇게 쓰고 기차에서 보이는 쪽에는 '사람에 조심' 그렇게 따로따로 썼으면 여러 가지 의미로 보아 좋겠다고 그래보았더니 뜻밖에 S도 찬성하였습니다. S의 그 인생관을 집어넣어 가지고 다니는 가방은 캡을 쓴 여관 심부름꾼 녀석이 들고 벌써 '플랫폼'에 들어서서 저쪽 기차가 올 쪽을 열심히 바라보고 섰는지라 시간은 좀 남았는데 혹 그 '갸쿠비키[4]' 녀석이 그 가방 속에 든 인생관을 건드리지나 않을까 겁이 나서 얼른 그 가방을 이리 빼앗으려고 얼른 우리도 개찰을 통과하여서 '플랫폼'으로 가는데 여관 '보이'나 '갸쿠비키'나

4. 호객 행위를 하는 사람.

호텔 자동차 운전수들은 1년간 입장권을 한꺼번에 샀는지는 모르지만 함부로 드나드는데 다른 사람은 전송을 하려 '플랫폼'에 들어가자면 입장권을 사야 된다고 역부가 강경하게 막는지라 그럼 입장권은 값이 얼마냐고 그랬더니 10전이라고, 그것참 비싸다고 그랬더니 역부가 힐끗 10전이 무엇이 호되어서 그러느냐는 눈으로 그 사람을 보니까 그 사람은 그만 10전이 아까워서 그 사람의 친한 사람의 전송을 '플랫폼'에서 하는 것만은 중지하는 모양입니다. 장난감 같은 '시그널'이 떨어지더니 갸륵한 기관차가 연기를 제법 펄석펄석 뿜으면서 기적도 쓱 한번 울려보면서 들어옵니다. 금테를 둘이나 두른 월급을 많이 타는 높은 역장과 금테를 하나밖에 아니 두른 월급을 좀 적게 타는 조역이 나와섰다가 그 의례히 주고받고 하는 굴렁쇠를 이 얌전하게 생긴 기차도 역시 주고받는지라 하도 어쭙잖아서 S와 나와는 그래도 이 기차를 타기는 타야 하겠지만도 원체 겁도 나고 가엾기도 하여서 몸뚱이가 조그마해지는 것 같아서 간질이는 것처럼 남 보기에는 좀 쳐다보일 만치 웃었습니다. 종이 울리고 호루라기가 불리고 하는 체는 다 하느라고 기적이 쓱 한번 울리고 기관차에서 픽— 소리가 났습니다. 기차가 떠납니다. 10전이 아까워서 '플랫폼'에 들어오지 아니한 맥고모자를 쓴 사람이 누구를 향하여 그러는지 쭈글쭈글한 한정하지도 못한 손수건을 흔드는 것이 보였습니다. 칙칙푹팍 칙칙푹팍 그러면서 징검다리로도 넉넉한 개천에 놓인 철교를 건너갈 때 같은 데는 제법 흡사하게 기차는 소리를 낼 줄 아는 것이 아닙니까.

그 불쌍한 기차가 객차를 세 채나 끌고 왔습니다. S와의 우리 두 사람이 탄 객차는 맨 꼴찌 객차인데 그 객차의 안의 멤버는 다음과 같습니다. 물론 정말 기차처럼 '박스'가 있을 수 없는 것이니까 똑 전차처럼 가로 기다랗게 나란히 앉는 것입니다. 우선 내외가 두 쌍인데 썩 젊은 사람이 썩 젊은 부인을 거느리고 부인은 새빨간 '핸드백'을 들었는데 바깥양반은 구두가 좀 해어졌습니다. 또 하나는 꽤 늙수그레한 사람이 썩 젊은 부인을 데리고 부인은 뿔로 만든 값이 많아 보이는 부채 하나를 들었을 뿐인데 바깥어른은 뚱뚱한 '트렁크'를 하나 낑낑 메어가면서 들고 들어왔습니다.

그 '트렁크' 속에는 무엇이 들었는지 도무지 알 수 없습니다. 그 바깥어른은 실례지만 좀 미련하게 생겼는데다가 무테안경을 넓적한 코에 걸쳐놓고 신문을 참 재미있게 보고 있는 곁의 부인은 깨끗하고 살결은 희고 또 눈썹은 검고 많고 머리 밑으로 솜털이 퍽 많고 팔에 까만 솜털이 나스르르하고 입술은 얇고 푸르고 눈에는 쌍꺼풀이 지고 머리에서는 전나무 냄새가 나고 옷에서는 우유 냄새가 나는 미인입니다. 눈알은 사금파리로 만든 것처럼 번쩍하고 차디찬 것 같고 아무 말도 없이 부채도 곁에 놓고 이 거지 같은 기차 들창 바깥 경치 어디를 그렇게 보는지 눈이 깜작이는 일이 없습니다. 또 다른 한 쌍의 비둘기로 말하면 바깥양반은 앉았는데 부인은 섰습니다. 부인 저고리는 얄따란 항라 홑껍데기가 되어서 대패질한 소나무에 '니스' 칠한 것 같은 도발적인 살결이 환하게 들여다보이고 내어다보이는데 구두는 여러 조각을 누덕누덕 찍어맨 '크림' 빛깔 나는 복스[5] 새 구두에 마잔산 씨 수염 같은 구두끈이 늘어져 있고 바깥양반은 별안간 양복

5. 무두질한 송아지 가죽.

웃옷을 활활 벗길래 더워서 그러나 보다. 그랬더니 꾸기꾸기 뭉쳐서 조그맣게 만들더니 다리를 쭉 뻗고 저고리를 베개 삼아 기다랗게 드러누우니까 부인이 한참 바깥양반을 내려다보더니 드러누웠다는 것을 확실히 인정한 다음에 부인은 그 머리맡으로 앉아서 손수건을 먼지 터는 것처럼 흔들흔들하면서 바깥양반 얼굴에다 대고 부채질을 하여주니까 바깥양반은 바람은 안 나고 코로 먼지가 들어간다는 의미의 표정을 부인에게 한 번 하여 보이니까 부인은 그만둡니다.

그 외에는 조끼에 금 시곗줄을 늘어트린 특색밖에는 아무런 특색도 없는 젊은 신사 한 사람, 또 진흙투성이가 된 흰 구두를 신은 신사 한 사람, 단것 장수 같은 늙수그레한 마나님이 하나, 가방을 잔뜩 끼고 앉아서 신문을 보고 있는 S, '구르몽'의 '시몬' 같은 부인의 '프로필'만 구경하고 앉아있는 말라빠진 나, 이상과 같습니다.

마루청 한복판 꽤 큰 구멍이 하나 뚫려서 기차가 달아나는 대로 철로 바탕이 들여다보이는 것이 이상스러워서 S더러 이것이 무슨 구멍이겠느냐고 의논하여

보았더니 S는 그게 무슨 구멍일까, 그러기만 하길래 나는 이것이 아마 이렇게 철로 바탕을 내려다보라고 만든 구멍인 것 같기는 같은데 그런 장난 구멍을 만들어놓을 리는 없으니까 내 생각 같아서는 기차 바퀴에 기름 넣는 구멍일 것에 틀림없다고 그랬더니 S는 아아 이것을 참 깜빡 잊어버렸었구나, 이것은 침을 뱉어트리는 구멍이라고 그러면서 침을 한 번 뱉어 보이더니 나더러도 정말인가 거짓말인가 어디 침을 한번 뱉어보라고 그러길래 나는 그 '모나리자' 앞에서 침을 뱉기는 좀 마음에 꺼림칙하여서 나는 그만두겠다고 그러면서 참 아가리가 여실히 타구[6]같이 생겼구나, 그랬습니다. 상자 개비로 만든 것 같은 정거장에서 고무장화를 신은 역장이 굴렁쇠를 들고나오더니 기차가 정거를 하고 기관수와 역장이 무엇이라고 커다란 목소리로 서너 마디 이야기를 하더니 기적이 울리고 동리 어린아이들이 대여섯 기차 떠나는 것을 보고 박수갈채를 하는 소리가 성대하게 들리고 나면 또 위험한 전진입니다. 어느 틈에 내 곁에는 갓 쓴 해태처럼

6. 가래나 침을 뱉는 그릇.

생긴 영감님 하나가 내 즐거운 백동색[7] 시야를 가려놓고 앉았습니다.

내가 너무 '모나리자'만을 바라다보니까 맞은편에 앉았는 항라 적삼을 입은 비둘기가 참 못난 사람도 다 많다는 듯이 내 얼굴을 보고 나는 그까짓 일에 부끄러워할 일은 아니니까 막 '모나리자'를 보고 싶은 대로 보고 '모나리자'는 내 얼굴을 보는 비둘기 부인을 또 좀 조소하는 듯이 바라보고 드러누워 있는 바깥 비둘기가 가만히 보니까 건너편에 앉아있는 '모나리자'가 자기 아내를 그렇게 업신여겨 보는 것이 마음에 좀 흡족하지 못하여서 화를 내는 기미로 벌떡 일어나 앉는 바람에 드러눕느라고 벗어놓은 구두에 발이 잘 들어맞지 않아서 그만 양말로 담배 꽁다리를 밟을 것을 S가 보고 싱그레 웃으니까 나도 그 눈치를 채고 S를 향하여 마주 싱그레 웃었더니 그것이 대단히 실례 행동 같고 또 한편으로 무슨 음모나 아닌가 퍽 수상스러워서 저편에 앉아있는 금 시곗줄과 진흙 묻은 흰 구두가 눈을 뚱그렇게 뜨고 이쪽을 노려보니까 단것 장수

7. 은백색.

할머니는 또 이쪽에 무슨 괴변이나 나지 않았나 해서 역시 눈을 두리번두리번하다가 아무 일도 없으니까 싱거워서 눈을 도로 그 맞은편의 금 시곗줄로 옮겨놓을 적에 S는 보던 신문을 척척 접어서 인생관 가방 속에다가 집어넣더니 정식으로 '모나리자'와 비둘기는 어느 편이 더 어여쁜가를 판단할 작정인 모양으로 안경을 바로잡더니 참, 세계에 이런 기차는 다시 없으리라고 한 마디 하니까 비둘기와 '모나리자'가 S 쪽을 일시에 보는지라 나는 또 창 바깥 논 속에 허수아비 같은 황새가 한 마리 내려앉았으니 저것 좀 보라고 소리를 질렀더니 두 미인은 또 일시에 시선을 나 있는 창 바깥으로 옮겨보았는데 결국 아무것도 보이지 않으니까 싱그레 웃으면서 내 얼굴을 한 번씩 보더니 '모나리자'는 생각난 듯이 곁의 '비프스테이크' 같은 바깥어른의 기름기 흐르는 콧잔등이 근처를 한번 들여다보는 것을 본 나는 속마음으로 참 아깝도다, 그렇게 생각하고 있는데 S는 무슨 생각으로 알았는지 개 발에 편자라는 말이 있지 않으냐고 그러면서 나에게 해태 한 개를 주는지라 성냥을 그어서 불을 붙이려니까 내 곁에 앉았는 갓 쓴 해태가 성냥을 좀 달라고 그러길래 주었더니 서울서 주머니에 넣어가지고 간 '카페' 성냥이 되어서 이상스럽다는 듯이 두어 번 뒤집어보더니 짚고 들어온 길고도 굵은, 얼른 보면 몽둥이 같은 지팡이를 방해 안 되도록 한쪽으로 치워놓으려고 놓자마자 꽤 크게 와지끈하는 소리가 나면서 그 기다란 지팡이가 간데 온데가 없습니다. 영감님은 그것도 모르고 담뱃불을 붙이고 성냥을 나에게 돌려보내더니 건너편 부인도 웃고 곁에 앉아있는 부인도 수건으로 입을 가리고 웃고 S도 깔깔 웃고 젊은 사람도 웃고 나만이 웃지 않고 앉았는지라 좀 이상스러워서 영감은 내 어깨를 꾹 찌르더니 요다음 정거장은 어디냐고 은근히 묻는지라 요다음 정거장은 요다음 정거장이고 영감님 무어 잃어버린 거 없느냐고 그랬더니 또 여러 사람이 웃고 영감님은 우선 쌈지 괴불주머니 등속을 만져보고 보따리 한 귀퉁이를 어루만져 보고 또 잠깐 내 얼굴을 쳐다보더니 참 내 지팡이를 못 보았느냐고 그럽니다. 또 여러 사람은 웃는데 나만이 웃지 않고 그 지팡이는 이 구멍으로 빠져 달아났으니 요다음 정거장에서는 꼭 내려서 그 지팡이를 찾으러 가라고 이 철둑으로 쭉 따라가면 될 것이니까 길은 아주 찾기 쉽지 않으냐고 그러니까 그 지팡이는 돈 주고 산 것은 아니니까 잃어버려도 좋다고 그러면서 태연자약하게 담배를 뻑뻑 빨고 앉았다가 담배를 다 먹은 다음 담뱃대를 그 지팡이 집어먹은 구멍에다 대고 딱딱 떠는 바람에 나는 그만 전신에 소름이 쫙 끼쳤습니다. 다른 사람들도 물론 이때만은 웃을 수도 없는 업신여길 수도 없는 참 아기자기한 마음에서 역시 소름이 끼쳤으리라고 나는 생각합니다.

『월간매신』, 1934.8, 33~35쪽.

지주회시

1

그날 밤에 그의 아내가 층계에서 굴러떨어지고—공연히 내일 일을 끌탕[1] 말라고 어느 눈치 빠른 어른이 타일러놓으셨다. 옳고말고다. 그는 하루치씩만 잔뜩 산(生)다. 이런 복음에 곱신히 그는 벙어리(속지 말라)처럼 말(言)이 없다. 잔뜩 산다. 아내에게 무엇을 물어보리오? 그러니까 아내는 대답할 일이 생기지 않고 따라서 부부는 식물처럼 조용하다. 그러나 식물은 아니다. 아닐 뿐 아니라 여간 동물이 아니다. 그래서

1. 속을 태우는 걱정.

그런지 그는 이 귤 궤짝만 한 방 안에 무슨 연줄로 언제부터 이렇게 있게 되었는지 도무지 기억에 없다. 오늘 다음에 오늘이 있는 것. 내일 조금 전에 오늘이 있는 것. 이런 것은 영 따지지 않기로 하고 그저 얼마든지 오늘 오늘 오늘 오늘 하릴없이 눈 가린 마차 말의 동강 난 시야다. 눈을 뜬다. 이번에는 생시가 보인다. 꿈에는 생시를 꿈꾸고 생시에는 꿈을 꿈꾸고 어느 것이나 재미있다. 오후 네 시. 옮겨 앉은 아침—여기가 아침이냐. 날마다다. 그러나 물론 그는 한 번씩 한 번씩이다. (어떤 거대한 모체가 나를 여기다 갖다 버렸나.) —그저 한없이 게으른 것—사람 노릇을 하는 체 대체 어디 얼마나 기껏 게으를 수 있나 좀 해보자—게으르자—그저 한없이 게으르자—시끄러워도 그저 모른 체하고 게으르기만 하면 다 된다. 살고 게으르고 죽고—가로되 사는 것이라면 떡 먹기다. 오후 네 시. 다른 시간은 다 어디 갔나. 대수냐. 하루가 한 시간도 없는 것이라기로서니 무슨 성화가 생기나.

또 거미. 아내는 꼭 거미, 라고 그는 믿는다. 저것이 어서 도로 환퇴를 하여서 거미 형상을 나타내었으면

—그러나 거미를 총으로 쏘아 죽였다는 이야기는 들은 일이 없다. 보통 발로 밟아 죽이는데 신발 신기는 커녕 일어나기도 싫다. 그러니까 마찬가지다. 이 방에 그 외에 또 생각하여보면—맥이 뼈를 디디는 것이 빤히 보이고, 요 밖으로 내어놓는 팔뚝이 밴댕이처럼 꼬스르하다—이 방이 그냥 거민 게다. 그는 거미 속에가 넓적하게 드러누워 있는 게다. 거미 냄새다. 이 후덥지근한 냄새는 아하, 거미 냄새다. 이 방 안이 거미노릇을 하느라고 풍기는 흉악한 냄새에 틀림없다. 그래도 그는 아내가 거미인 것을 잘 알고 있다. 가만둔다. 그리고 기껏 게을러서 아내—인人 거미—로 하여금 육체의 자리—(혹或, 틈)를 주지 않게 한다.

방 밖에서 아내는 부스럭거린다. 내일 아침보다는 너무 이르고 그렇다고 오늘 아침보다는 너무 늦은 아침밥을 짓는다. 예의 덧문을 닫는다. (민활하게) 방 안에 색종이로 바른 반닫이가 없어진다. 반닫이는 참 보기 싫다. 대체 세간이 싫다. 세간은 어떻게 하라는 것인가. 왜 오늘은 있나. 오늘이 있어서 반닫이를 보아야 되느냐. 어두워졌다. 계속하여 게으른다. 오늘과 반닫이가 없어지라고. 그러나 아내는 깜짝 놀란다. 덧문을 닫는—남편—잠이나 자는 남편이 덧문을 닫았더니 생각이 많다. 오줌이 마려운가—가려운가—아니 저 인물이 왜 잠을 깨었나. 참 신통한 일은—어쩌다가 저렇게 사(生)는지—사는 것이 신통한 일이라면 또 생각하여보면 자는 것은 더 신통한 일이다. 어떻게 저렇게 자나? 저렇게도 많이 자나? 모든 일이 희한한 일이었다. 남편. 어디서부터 어디까지가 부부람—남편—아내가 아니라도 그만 아내이고 마는고야. 그러나 남편은 아내에게 무엇을 하였느냐—담벼락이라고 외풍이나 가려주었더냐. 아내는 생각하다 보니까 참 무섭다는 듯이—또 정말이지 무서웠겠지만—이 닫은 덧문을 얼른 열고 늘 들어도 처음 듣는 것 같은 목소리로 어디 말을 건네본다. 여보—오늘은 크리스마스요—봄날같이 따듯(이것이 원체 틀린 화근이다.)하니 수염 좀 깎소.

도무지 그의 머리에서 그 거미의 어렵디 어려운 발들이 사라지지 않는데 들은 크리스마스라는 한 마디 말은 참 서늘하다. 그가 어쩌다가 그의 아내와 부부가 되어버렸나. 아내가 그를 따라온 것은 사실이지만 왜 따라왔나? 아니다. 와서 왜 가지 않았나—그것은 분명하다. 왜 가지 않았나, 이것이 분명하였을 때—그들이 부부 노릇을 한 지 1년 반쯤 된 때—아내는 갔다. 그는 아내가 왜 갔나를 알 수 없었다. 그 까닭에 도저히 아내를 찾을 길이 없었다. 그런데 아내는 왔다. 그는 왜 왔는지 알았다. 지금 그는 아내가 왜 안 가는지를 알고 있다. 이것은 분명히 왜 갔는지 모르게 아내가 가버릴 징조에 틀림없다. 즉 경험에 의하면 그렇다. 그는 그렇다고 왜 안 가는지를 일부러 몰라버릴 수도 없다. 그냥 아내가 설사 또 간다고 하더라도 왜 안 오는지를 잘 알고 있는 그에게로 불쑥 돌아와 주었으면 하고 바라기나 한다.

수염을 깎고 첩첩이 닫아버린 번지에서 나섰다. 딴은 크리스마스가 봄날같이 따듯하였다. 태양이 그동안에 퍽 자란가도 싶었다. 눈이 부시고—또 몸이 까칫까칫도 하고—땅은 힘이 들고 두꺼운 벽이 더덕더덕 붙은 빌딩들을 쳐다보는 것은 보는 것만으로도 넉넉히 숨이 차다. 아내 흰 양말이 고동색 털양말로 변한 것—계절은 방 속에서 묵는 그에게 겨우 제목만을 전하였다. 겨울—가을이 가기도 전에 내닥친 겨울에서 처음으로 인사 비슷이 기침을 하였다. 봄날같이 따듯한 겨울날—필시 이런 날이 세상에 흔히 있는 공일 날이나 아닌지—그러나 바람은 뺨에도 콧방울에도 차다. 저렇게 바쁘게 씨근거리는 사람, 무거운 통, 짐, 구두, 사냥개, 야단치는 소리, 안 열린 들창, 모든 것이 견딜 수 없이 답답하다. 숨이 막힌다. 어디로 가볼까. (A 취인점) (생각나는 명함) (오 군) (자랑 말라.) (24일 날 월급이던가.) 동행이라도 있는 듯이 그는 팔짱을 내저으며 싹둑싹둑 썰어 붙인 것같이 얄팍한 A 취인점 담벼락을 삥삥 싸고돌다가 이 속에는 무엇이 있나. 공기? 사나운 공기리라. 살을 저미는—과연 보통 공기가 아니었다. 눈에 핏줄—새빨갛게 달은 전화—그의 헙수룩한 몸은 금시에 타 죽을 것 같았다. 오는 어느 회전의자에 병마개 모양으로 명[2]쳐있었다. 꿈과 같은 일이다. 오는 장부를 뒤져 주소 씨명을 차곡차곡 써 내려가면서 미남자인 채로 생동생동

2. 기물에 제작자의 이름을 새기거나 쓴 것.

(살고) 있었다. 조사부라는 패가 붙은 방 하나를 독차지하고 방 사벽에다가는 빈틈없이 방안지에 그린 그림 아닌 그림을 발라놓았다. 「저런 걸 많이 연구하면 대강은 짐작이 나서렷다.」「도통하면 돈이 돈 같지 않어지느니.」「돈 같지 않으면 그럼 방안지 같은가.」「방안지?」「그래 도통은?」「흐흠— 나는 도로 그림이 그리고 싶어지데.」 그러나 오는 야위지 않고는 배기기 어려웠던가 싶다. 술—그럼 색? 오는 완전히 오 자신을 활활 열어젖혀 놓은 모양이었다. 흡사 그가 오 앞에서나 세상 앞에서나 그 자신을 첩첩이 닫고 있듯이. 오냐, 왜 그러니. 나는 거미다. 연필처럼 야위어가는 것—피가 지나가지 않는 혈관—생각하지 않고도 없어지지 않는 머리—콱 막힌 머리—코 없는 생각—거미 거미 속에서 안 나오는 것—내다보지 않는 것—취하는 것—정신없는 것—방—버선처럼 생긴 방이었다. 아내였다. 거미라는 탓이었다.

오는 주소 씨명을 멈추고 그에게 담배를 내밀었다. 그러자 연기를 가르면서 문이 열렸다. (퇴사 시간) 뚱뚱한 사람이 말처럼 달려들었다. 뚱뚱한 신사는 오와 깨끗하게 인사를 한다. 가느다란 몸집을 한 오는 굵은 목소리를, 굵은 몸집을 한 신사는 가느다란 목소리로 주고받고 하는 신선한 회화다. 「사장께서는 나가셨나요?」「네— 참 2백 명이 좀 넘는데요.」「넉넉합니다. 먼저 오시겠지요.」「한 시간쯤 미리 가지요.」「에—또 에—또 에또 에또 그럼 그렇게 알고.」「가시겠습니까?」

툭탁하고 나더니 뚱뚱한 신사는 곁에 앉은 그를 흘깃 보고 고개를 돌리고 그저 나갈 듯하다가 다시 흘깃 본다. 그는—내 인사를 하면 어떻게 되더라? 하고 망싯망싯하다가 그만 얼떨결에 꾸뻑 인사를 하여 버렸다. 이 무슨 염치없는 짓인가. 뚱뚱 신사는 인사를 받더니 받아가지고는 그냥 씽긋 웃듯이 나가버렸다. 이 무슨 모욕인가. 그의 귀에는 뚱뚱 신사가 대체 누군가를 생각해보는 동안에도 「어떠십니까.」라는 그 뚱뚱 신사의 손가락질 같은 말 한 마디가 남아서 웽웽한다. 어떠냐니, 무엇이 어떠냐누—아니 그게 누군가—옳아, 옳아. 뚱뚱 신사는 바로 그의 아내가 다니고 있는 카페 R 회관 주인이었다. 아내가 또 온 건 서너 달 전이다. 와서 그를 먹여 살리겠다는 것이었다. **빚 '백 원'**을 얻어 쓸 때 그는 아내를 앞세우고 뚱뚱이 보는데 타원형 도장을 찍었다. 그때 유카타 입고 내려다보던 눈에서 느낀 굴욕을 오늘이라고 잊었을까. 그러나 그는 이게 누군지도 채 생각나기 전에 어언간 이 뚱뚱이에게 고개를 수그리지 않았나. 지금. 지금. 골수에 스미고 말았나 보다. 칙칙한 근성이—모르고 그랬다고 하면 말이 될까? 더럽구나. 무슨 구실로 변명하여야 되나. 에잇! 에잇!—아무것도 차라리 억울해하지 말자—이렇게 맹서하자. 그러나 그의 뺨이 화끈화끈 달았다. 눈물이 새금새금 맺혀 들어왔다. 거미—분명히 그 자신이 거미였다. 물부리[3]처럼 야위어 들어가는 아내를 빨아먹는 거미가 너 자신인 것을 깨달아라. 내가 거미다. 비린내 나는 입이다. 아니 아내는 그럼 그에게서 아무것도 안 빨아먹느냐. 보렴—이 파랗게 질린 수염 자국—퀭한 눈—늘씬하게 만연되나 마나 하는 형용 없는 영양을—보아라. 아내가 거미다. 거미 아닐 수 있으랴. 거미와

3. 담배를 끼워서 빠는 물건.

거미, 거미와 거미냐. 서로 빨아먹느냐. 어디로 가나. 마주 야위는 까닭은 무엇인가. 어느 날 아침에나 뼈가 가죽을 찢고 내밀리려는지—그 손바닥만 한 아내의 이마에는 땀이 흐른다. 아내의 이마에 손을 얹고 그래도 여전히 그는 잔인하게 아내를 밟았다. 밟히는 아내는 삼경이면 쥐 소리를 지르며 찌그러지곤 한다. 내일 아침에 펴지는 염낭[4]처럼. 그러나 아주까리 같은 사치한 꽃이 핀다. 방은 밤마다 홍수가 나고 이튿날이면 쓰레기가 한 삼태기씩이나 났고—아내는 이 묵직한 쓰레기를 담아가지고 늦은 아침—오후 네 시—뜰로 내려가서 그도 대리하여 두 사람 치의 해를 보고 들어온다. 금 긋듯이 아내는 작아 들어갔다. 쇠와 같이 독한 꽃—독한 거미—문을 닫자. 생명에 뚜껑을 덮었고 사람과 사람이 사귀는 버릇을 닫았고 그 자신을 닫았다. 온갖 벗에서—온갖 관계에서—온갖 희망에서—온갖 욕[5]에서—그리고 온갖 욕[6]에서—다만 방 안에서만 그는 활발하게 발광할 수

4. 허리에 차는 작은 주머니.
5. 욕심.
6. 욕설.

있었다. 미역 핥듯 핥을 수도 있었다. 전등은 그런 숨결 때문에 곧잘 꺼졌다. 밤마다 이 방은 고달팠고 뒤집어엎었고 방 안은 기어 병들어가면서도 빠득빠득 버티고 있다. 방 안은 쓰러진다. 밖에 와있는 세상—암만 기다려도 그는 나가지 않는다. 손바닥만 한 유리를 통하여 꿋꿋이 걸어가는 세월을 볼 수 있을 따름이었다. 그러나 밤이 그 유리 조각마저도 얼른얼른 닫아주었다. 안 된다고.

그러자 오는 그의 무색해하는 것을 볼 수 없다는 듯이 들창 셔터를 내렸다. 자, 나가세. 그는 여기서 나가지 않고 그냥 그의 방으로 돌아가고 싶었다. (6원짜리 셋방) (방밖에 없는 방) (편한 방) 그럴 수는 없나. 「그 뚱뚱이 어떻게 아나?」「그저 알지.」「그저라니.」「그저.」「친헌가.」「천만에— 대체 그게 누군가.」「그거— 그건 가부꾼이지— 우리 취인점허구는 돈 만 원 거래나 있지.」「흠.」「개천에서 용이 나려니까.」「흠.」

R 카페는 뚱뚱의 부업인 모양이었다. 내일 밤은 A 취인점이 고객을 초대하는 망년회가 R 카페 3층 홀에

서 열릴 터이고 오는 그 준비를 맡았단다. 이따가 느지막해서 오는 R 회관에 좀 들른단다. 그들은 차점에서 우선 홍차를 마셨다. 크리스마스트리 곁에서 축음기가 깨끗이 울렸다. 두루마기처럼 기다란 털외투－기름 바른 머리－금시계－보석 박힌 넥타이핀－이런 모든 오의 차림차림이 한없이 그의 눈에 거슬렸다. 어쩌다가 저 지경이 되었을까. 아니. 나야말로 어쩌다가 이 모양이 되었을까. (돈이었다.) 사람을 속였단다. 다 털어먹은 후에는 볼품 좋게 여비를 주어서 쫓는 것이었다. 30까지 백만 원. 주체할 수 없이 달라붙는 계집. 자네도 공연히 꾸물꾸물하지 말고 청춘을 이렇게 대우하라는 것이었다. (거침없는 오 이야기) 어쩌다가 아니－어쩌다가 나는 이렇게 훨씬 물러앉고 말았나를 알 수가 없었다. 다만 모든 이런 오의 저속한 큰소리가 맹탕 거짓말 같기도 하였으나 또 아니 부러워하려야 아니 부러워할 수 없는 형언 안 되는 것이 확실히 있는 것도 같았다.

지난봄에 오는 인천에 있었다. 10년－그들의 깨끗한 우정이 꿈과 같은 그들의 소년 시대를 그냥 아름다운 것으로 남기게 하였다. 아직 싹 트지 않은 이른 봄, 건강이 없는 그는 오와 사직공원 산기슭을 같이 걸으며 오가 긴히 이야기해야겠다는 이야기를 듣고 있었다. 너무나 뜻밖의 일은—오의 아버지는 백만의 가산을 날리고 마지막 경매가 완전히 끝난 것이 바로 엊그제라는—여러 형제 가운데 이 오에게만 단 한 줄기 촉망을 두는 늙은 기미[7] 호걸의 애끊는 글을 오는 속주머니에서 꺼내 보이고—저버릴 수 없는 마음이—오는 운다—우리 일생의 일로 정하고 있던 화필을 요만 일에 버리지 않으면 안 되겠느냐는—전에도 후에도 한 번밖에 없는 오의 종종한[8] 고백이었다. 그때 그는 봄과 함께 건강이 오기만 눈이 빠지게 고대하던 차—그도 속으로 화필을 던진 지 오래였고—묵묵히 머지않아 쪼개질 축축한 지면을 굽어보았을 뿐이었다. 그리고 뒤미처 태풍이 왔다. 오너라—내 생활을 좀 보아라—이런 오의 부름을 빙그레 웃으며 그는 인천의 오를 들렀다. 사사四四—벽적대는 해안통—K 취인점

7. 期米, 미두. 현물 없이 쌀을 팔고 사는 일.
8. 물이 흐르는 듯한.

사무실—어디로 갔는지 모르는 오의 형영 깎은 듯한 오의 집무 태도를 그는 여전히 건강이 없는 눈으로 어이없이 들여다보고 오는 날을 오는 날을 탄식하였다. 방은 전화 자리 하나를 남기고 빽빽이 방안지로 메꿔져 있었다. 낡기도 전에 갈리는 방안지 위에 붉은 선 푸른 선의 높고 낮은 것—오의 얼굴은 일시 일각이 한결같지 않았다. 밤이면 오를 따라 양철 조각 같은 바bar로 얼마든지 쏘다닌 다음—(시키시마[9])—나날이 축가는 몸을 다스릴 수 없었건만 이상스럽게 오는 여섯 시면 깨었고 깨어서는 홰등잔 같은 눈알을 이리 굴리고 저리 굴리고 빨간 뺨이 까딱하지 않고 아홉 시까지는 해안통 사무실에 낙자없이[10] 있었다. 피곤하지 않은 오의 몸이 아마 금강력과 함께—필연—무슨 도道고 도를 통하였나 보다. 낮이면 오의 아버지는 울적한 심사를 하나 남은 가야금에 붙이고 이따금 자그마한 수첩에 믿는 아들에게서 걸리는 전화를 만족한 듯이 적는다. 미닫이를 열면 경인 열차가 가끔 보인다. 그는

9. 바의 상호.
10. 영락없이.

오의 털외투를 걸치고 월미도 뒤를 돌아 드문드문 아직도 덜 진 꽃나무 사이 잔디 위에 자리를 잡고 반듯이 누워서 봄이 오고 건강이 아니 온 것을 끌탕하였다. 내다보이는 바다—개흙밭 위로 바다가 한 벌 드나들더니 날이 저물고 저물고 하였다. 오후 네 시, 오는 휘파람을 불며 이 날마다 같은 잔디로 그를 찾아온다. 천막 친 데서 흔들리는 포터블을 들으며 차를 마시고 사슴을 보고 너무 긴 방축 중간에서 좀 선선한 아이스크림을 사 먹고 굴 캐는 것 좀 보고 오 방에서 신문과 저녁이 정답게 끝난다. 이러한 달—5월—그는 바로 그 잔디 위에서 어느덧 배따라기를 배웠다. 흉중에 획책하던 일이 날마다 한 켜씩 바다로 흩어졌다. 인생에 대한 끝없는 주저를 잔뜩 지니고 인천서 돌아온 그의 방에서는 아내의 자취를 찾을 길이 없었다. 부모를 배역한 이런 아들을 아내는 기어이 이렇게 잘 똥겨주는구나[11]—(문학) (시) 영구히 인생을 망설거리기 위하여 길 아닌 길을 내디뎠다. 그러나 또 튀려는 마음—삐뚤어진 젊음. (정치) 가끔 그는 투어리스트 뷰로에

11. 모르는 사실을 깨닫도록 암시를 주다.

전화를 걸었다. 원양 항해의 배는 늘 방 안에서만 기적도 불고 입항도 하였다. 여름이 그가 땀 흘리는 동안에 가고—그러나 그의 등의 땀이 걷히기 전에 왕복엽서 모양으로 아내가 초조히 돌아왔다. 낡은 잡지 속에 섞여서 배고파하는 그를 먹여 살리겠다는 것이다. 왕복 엽서—없어진 반—눈을 감고 아내의 살에서 허다한 지문 냄새를 맡았다. 그는 그의 생활의 서술에 귀찮은 공을 쳤다. 끝났다. 먹여라, 먹으마—머리도 잘라라—머리 지지는 10전짜리 인두—속옷밖에 필요치 않은 하루—R 카페—뚱뚱한 유카타 앞에서 얻은 백 원—그러나 그 백 원을 그냥 쥐고 인천 오에게로 달려가는 그의 귀에는 지난 5월 오가—백 원을 가져오너라. 우선 석 달 만에 백 원 내놓고 5백 원을 주마—는 분간할 수 없지만 너무 든든한 한마디 말이 쟁쟁하였던 까닭이다. 그리고 도전하는[12] 그에게 아내는 제 발이 저려 그랬겠지만 잠자코 있었다. 당하였다. 신문에서 배 시간표를 더러 보기도 하였다. 오는 두서너 번 편지로 그의 그런 생활 태도를 여간 칭찬한

12. 전력을 훔쳐 쓰다.

것이 아니다. 오가 경성으로 왔다. 석 달은 한 달 전에 끝이 났는데—오는 인천서 오에게 버는 족족 털어바치던 아내(라고 오는 결코 부르지 않았지만)를 벗어버리고—그까짓 것은 하여간에 오의 측량할 수 없는 깊은 우정은 그 넉 달 전의 일도 또 한 달 전에 으레 있었어야 할 일도 광풍제월같이 잊어버린—참 반가운 편지가 요 며칠 전에 그의 닫은 생활을 뚫고 들어왔다. 그는 가을과 겨울을 잤다. 계속하여 자는 중이었다. —예이 그래 이 사람아, 한번 파치가 된 계집을 또 데리고 살다니, 하는 오의 필시 그럴 공연한 쑤석질도 싫었었고—그러나 크리스마스—아니다. 어디 그 꿩 구워 먹은 좋은 얼굴을 좀 보아두자—좋은 얼굴—전날의 오—그런 것이지—주체할 수 없게 되기 전에 여기다가 동그라미를 하나 쳐두자—물론 아내는 아무것도 모른다.

2

그날 밤에 아내는 멋없이 층계에서 굴러떨어졌다. 못났다.

도저히 알아볼 수 없는 이 긴가민가한 오와 그는 어디서 술을 먹었다. 분명히 아내가 다니고 있는 R 회관은 아닌, 그러나 역시 그는 그의 아내와 조금도 틀린 곳을 찾을 수 없는 너무 많은 그의 아내들을 보고 소름이 끼쳤다. 별의별 세상이다. 저렇게 해놓으면 어떤 것이 어떤 것인지—오—가는 것을 보면 알겠군—두 시에는 남편 노릇 하는 사람들이 일일이 영접하러 오는 그들 여급의 신기한 생활을 그는 들어 알고 있다. 아내는 마중 오지 않는 그를 애정을 구실로 몇 번이나 책망하였으나 들키면 어떻게 하려느냐—누구에게—즉—상대는 보기 싫은 넓적하게 생긴 세상이다. 그는 이 왔다 갔다 하는 똑같이 생긴 화장품—사실 화장품의 고하가 그들을 구별시키는 외에는 표 난 데라고는 영 없었다—얼숭덜숭한 아내들을 두리번두리번 돌아보았다. 헤헤—모두 그렇겠지—가서는 방에서—(참 당신은 너무 닮았구려.)—그러나 내 아내는 화장품을 잘 사용하지 않으니까—아내의 파리한 바탕 주근깨—코보다 작은 코—입보다 얇은 입—(화장한 당신이 화장 안 한 아내를 닮았다면?)—「용서하오.」—

그러나 내 아내만은 왜 그렇게 야위나. 무엇 때문에 (네 죄) (네가 모르느냐.) (알지.) 그러나 이 여자를 좀 보아라. 얼마나 이글이글하게 살이 알르냐 잘 쪘다. 곁에 와 앉기만 하는데도 후끈후끈하는구나. 오의 귓속말이다. 「이게 마유미야. 이 뚱뚱보가— 하릴없이 양돼진데 좋아. 좋단 말이야— 금 알 낳는 게사니[13] 이야기 알지. (알지.) 즉 화수분이야— 하룻저녁에 3원, 4원, 5원— 잡힐 물건이 없는데 돈 주는 전당국이야. (정말?) 아— 나의 사랑하는 마유미거든.」 지금쯤은 아내도 저 짓을 하렷다. 아프다. 그의 찌푸린 얼굴을 얼른 오가 껄껄 웃는다. 흥—고약하지—하지만 들어보게—**소바**[14]에 계집은 절대 금물이다. 그러나 살을 저며 먹이려고 달려드는 것을 어쩌느냐. (옳다, 옳다.) 계집이란 무엇이냐. 돈 없이 계집은 무의미다—아니, 계집 없는 돈이야말로 무의미다. (옳다, 옳다.) 오야, 어서 다음을 계속하여라. 따면 따는 대로 금시계를 산다. 몇 개든지, 또 보석, 털외투를 산다.

13. 거위.
14. 미두.

얼마든지 비싼 것으로. 잃으면 그놈을 끄린다. 옳다. (옳다, 옳다.) 그러나 이 짓은 좀 안타까운걸. 어떻게 하는고 하니 계집을 하나 찰짜[15]로 골라가지고 쓱 시계, 보석을 사주었다가 도로 빼앗아다가 끄리고 또 사주었다가 또 빼앗아다가 끄리고—그러니까 사주기는 사주었는데 그놈이 평생 가야 제 것이 아니고 내 것이거든—쓱 얼마를 그런 다음에는—그러니까 꼭 여급이라야만 쓰거든—하룻저녁에 아따 얼마를 벌든지 버는 대로 털거든—살을 저며 먹이려 드는데 하루에 아 3, 4원 털기쯤—보석은 또 여전히 사주니까 남는 것은 없어도 여러 번 사준 폭[16] 되고 내가 거미지, 거민 줄 알면서도—아니야, 나는 또 제 요구를 안 들어주는 것은 아니니까—그렇지만 셋방 하나 얻어가지고 같이 살자는 데는 학질이야—여보게, 거기까지 가면 30까지 백만 원 꿈은 세봉[17]이지. (옳다? 옳다?) 소바란 놈, 이따가 부자 되는 수효보다는 지금 거지 되는 수효가 훨씬 더 많으니까, 다, 저런 것이 하나 있어야

15. 성질이 수더분하지 않고 몹시 까다로운 사람.
16. 폭. 셈. 어떤 형편이나 결과.
17. 좋지 않은 일, 큰 탈이 날 일.

든든하지. 즉 배수진을 쳐놓자는 것이다. 오는 현명하니까 이 금 알 낳는 게사니 배를 가를 리는 천만만무다. 저 더덕덕덕 붙은 볼따구니, 두껍다란 입술이, 생각하면 다시없이 귀엽기도 할밖에.

그의 눈은 주기로 하여 차차 몽롱하여 들어왔다. 개개 풀린 시선이 그 마유미라는 고깃덩어리를 부러운 듯이 살피고 있었다. 아내—마유미—아내—자꾸 말라 들어가는 아내—꼬챙이 같은 아내—그만 좀 마르지—마유미를 좀 보려무나—넓적한 잔등이 푼더분한 폭, 폭幅, 폭을—세상은 고르지도 못하지—하나는 옥수수과자 모양으로 무럭무럭 부풀어 오르고 하나는 눈에 보이듯이 오그라들고—보자, 어디 좀 보자—인절미 굽듯이 부풀어 올라오는 것이 눈으로 보이렷다. 그러나 그의 눈은 어항에 든 금붕어처럼 눈자위 속에서 그저 오르락내리락 꿈틀거릴 뿐이었다. 화려하게 웃는 마유미의 복스러운 얼굴이 해초처럼 느리게 움직이는 것이 희미하게 보일 뿐이었다. 오는 이런 코를 찌르는 화장품 속에서 웃고 소리 지르고 손뼉을 치고 또 웃었다.

왜 오에게만 저런 강력한 것이 있나. 분명히 오는

마유미에게 야위지 못하도록 금하여놓았으리라. 명령하여놓았나 보다. 장하다. 힘. 의지. ―? 그런 강력한 것―그런 것은 어디서 나오나. 내―그런 것만 있다면 이 노릇 안 하지―일하지―하여도 잘하지―들창을 열고 뛰어내리고 싶었다. 아내에게서 그 악착한 끄나풀을 끌러 던지고 훨훨 줄달음박질을 쳐서 달아나버리고 싶었다. 내 의지가 작용하지 않는 온갖 것아, 없어져라. 닫자. 첩첩이 닫자. 그러나 이것도 힘이 아니면 무엇이랴―시뻘겋게 상기한 눈이 살기를 띠고 명멸하는 황홀경 담벼락에 숨 쉬일 구멍을 찾았다. 그냥 벌벌 떨었다. 텅 빈 골속에 회오리바람이 일어난 것같이 완전히 전후를 가리지 못하는 일개 그는 추잡한 취한으로 화하고 말았다.

그때 마유미는 그의 귀에다 대고 속삭인다. 그는 목을 움칫하면서 혀를 내밀어 널름널름하여 보였다. 그러나저러나 너무 먹었나 보다―취하기도 취하였거니와 이것은 배가 좀 너무 부르다. 마유미, 무슨 이야기요. 「저이가 거짓말쟁인 줄 제가 모르는 줄 아십니까. 알아요. (그래서.) 미술가라지요. 생딴전을 해놓겠지요. 좀 타일러주세요— 어림없이 그러지 말라구요— 이 마유미는 속는 게 아니라구요— 제가 이러는 게 그야 좀 반허긴 반했지만— 선생님은 아시지요. (알고말고.) 어쨌든 저따위 끄나풀이 한 마리 있어야 삽니다. (뭐? 뭐?) 생각해보세요— 그래 하룻밤에 3, 4원씩 벌어야 뭣에다 쓰느냐 말이에요— 화장품을 사나요? 옷감을 끊나요? 허긴 한두 번 아니 여남은 번까지는 아주 비싼 놈으로 골라서 그 짓도 허지요— 허지만 허구한 날 화장품을 사나요, 옷감을 끊나요? 거 다 뭐허나요— 얼마 못 가서 싫증이 납니다— 그럼 거지를 주나요? 아이구 참— 이 세상에서 제일 미운 게 거집니다. 그래두 저런 끄나풀을 한 마리 가지는 게 화장품이나 옷감보다는 훨씬 낫습니다. 좀처럼 싫증 나는 법이 없으니까요— 즉 남자가 외도하는— 아니— 좀 다릅니다. 하여간 싸움을 해가면서 벌어다가 그날 저녁으로 저 끄나풀한테 빼앗기고 나면— 아니, 송두리째 갖다 바치고 나면 속이 시원합니다. 구수합니다. 그러니까 저를 빨아먹는 거미를 제 손으로 기르는 셈이지요. 그렇지만 또 이 허전한 것을 저 끄나풀이 다수굿이 채워주거니 하면 아까운 생각은커녕 저이가 되려 거민가 싶습니다. 돈을 한 푼도 벌지 말면 그만이겠지만 인제 그만해도 이 생활이 살에 척 배어버려서 얼른 그만두기도 어렵고 허자니 그러기는 싫습니다. 이를 북북 갈아 제쳐가면서 기를 쓰고 빼앗습니다.」

양말―그는 아내의 양말을 생각하여보았다. 양말 사이에서는 신기하게도 밤마다 지폐와 은화가 나왔다. 50전짜리가 딸랑 하고 방바닥에 굴러떨어질 때 듣는 그 음향은 이 세상 아무것에도 비길 수 없는 가장 숭엄한 감각에 틀림없었다. 오늘 밤에는 아내는 또 몇 개의 그런 은화를 정강이에서 뱉어놓으려나. 그 북어와 같은 종아리에 난 돈 자국―돈이 살을 파고들어 가서―고놈이 아내의 정기를 속속들이 빨아내나 보다. 아―거미―잊어버렸던 거미―돈도 거미―그러나 눈 앞에 놓여있는 너무나 튼튼한 쌍거미―너무 튼튼하지 않으냐. 담배를 한 대 피워 물고―참―아내야. 대체 내가 무엇인 줄 알고 죽지 못하게 이렇게 먹여 살리느냐―죽는 것―사는 것―그는 천하다. 그의 존재는 너무나 우스꽝스럽다. 스스로 지나치게 비웃는다.

그러나—두 시—그 황홀한 동굴—방—을 향하여 그의 걸음은 빠르다. 여러 골목을 지나—오야, 너는 너 갈 데로 가거라—따뜻하고 밝은 들창과 들창을 볼 적마다—닭—개—소는 이야기로만—그리고 그림엽서—이런 펄펄 끓는 심지를 부여잡고 그 화끈화끈한 방을 향하여 쏟아지듯이 몰려간다. 전신의 피—무게—와 있겠지—기다리겠지—오래간만에 취한 실없는 사건—허리가 녹아나도록 이 녀석—이 녀석—이 엉뚱한 발음—숨을 힘껏 들이쉬어 두자. 숨을 힘껏 쉬어라. 그리고 참자. 에라. 그만 아주 미쳐버려라.

그러나 웬일일까. 아내는 방에서 기다리고 있지 않았다. 아하—그 날이 왔구나. 왜 갔는지 모르는데 가버리는 날—하필? 그러나 (왜 왔는지 알기 전에) 왜 갔는지 모르고 지내는 중에 너는 또 오려느냐—내친 걸음이다. 아니—아주 닫아버릴까. 수챗구멍에 빠져서라도 설불리 세상이 업신여기려도 업신여길 수 없도록—트집거리를 주어서는 안 된다. R 카페—내일 A 취인점이 고객을 초대하는 망년회를 열—아내—

뚱뚱 주인이 받아가지고 간 내 인사—이 저주받아야 할 R 카페의 뒷문으로 하여 주춤주춤 그는 조바[18]에 그의 협수룩한 꼴을 나타내었다. 조바 내 다 안다—너희들이 얼마에 사다가 얼마에 파나—알면 무엇을 하나—여보, 안경 쓴 부인, 말 좀 물읍시다. (아이구, 복작거리기도 한다. 이 속에서 어떻게들 사누.) 부인은 통신부같이 생긴 종잇조각에 차례차례 도장을 하나씩만 찍어준다. 아내는 일상 말하였다. 얼마를 벌든지 1원씩만 갚는 법이라고—딴은 무이자다—어째서 무이자냐—(아느냐.)—돈이—같지 않더냐—그야말로 도통을 하였느냐. 그래「나미코가 어디 있습니까?」「댁에서 오셨나요? 지금 경찰서에 가있습니다.」「뭘 잘못했나요?」「아아니— 이거 어째 이렇게 칠칠치가 못할까?」는 듯이 칼을 들고나온 쿡cook이 똑똑히 좀 들으라는 이야기다. 아내는 층계에서 굴러 떨어졌다. 넌 왜 요렇게 빼빼 말랐니—아야 아야, 놓으세요. 말 좀 해 봐. 아야 아야, 놓으세요. (눈물이 핑 돌면서) 당신은 왜 그렇게 양돼지 모양으로 살이

18. 계산대.

쪘소오—뭐이, 양돼지?—양돼지가 아니고—에이, 발칙한 것. 그래서 발길로 차였고 차여서는 층계에서 굴러떨어졌고 굴러떨어졌으니 분하고—모두 분하다. 「과히 다치지는 않었지만 그런 놈은 버릇을 좀 가르쳐주어야 하느니. 그래 경관은 내가 불렀소이다.」 말라깽이라고 그런 점잖은 손님의 농담에 어찌 외람히 말대꾸를 하였으며 말대꾸도 유분수지 양돼지라니—그래 생각해보아라. 네가 말라깽이가 아니고 무엇이냐—암—나라도 양돼지 소리를 듣고는—아니 말라깽이 소리를 듣고는—아니 양돼지 소리를 듣고는—아니다. 아니다. 말라깽이 소리를 듣고는—나도 사실은 말라깽이지만—그저 있을 수 없다—양돼지라 그래줄밖에—아니 그래, 양돼지라니 그런 괘씸한 소리를 듣고 내가 손님이라면—아니 내가 여급이라면—당치않은 말—내가 손님이라면 그냥 패주겠다. 그렇지만 아내야, 양돼지 소리 한 마디만은 잘했다. 그러니까 걷어차였지—아니 나는 대체 누구 편이냐. 누구 편을 들고 있는 셈이냐. 그 대그락대그락하는 몸이 은근히 다쳤겠지—접시 깨지듯 했겠지—아프다. 아프다.

앞이 다 캄캄하여지기 전에 사부로[19]가 씨근씨근 왔다. 남편 되는 이더러 오란단다. 바로 나요—마침 잘 되었습니다. 나쁜 놈입니다. 고소하세요. 여급들과 보이들과 이다바[20]들의 동정은 실로 나미코 일신 위에 집중되어 형세 자못 온건치 않은 것이었다.

경찰서 숙직실—이상하다—우선 경부보와 순사 그리고 오, R 카페 뚱뚱 주인 그리고 과연 양돼지와 같은 범인(저건 나라도 양돼지라고 자칫 그러기 쉬울 걸). 그리고 난로 앞에 새파랗게 질린 채 쪼그리고 앉아있는 새앙쥐만 한 아내—그는 얼빠진 사람 모양으로 이 진기한—도저히 있을 법하지 않은 콤비네이션을 몇 번이고 두루 살펴보았다. 그는 비철비철 그 양돼지 앞으로 가서 그 개기름 흐르는 얼굴을 한참이나 들여다보더니 떠억 「당신입디까?」 「당신입디까?」 아마 안면이 무던히 있나 보다. 서로 쳐다보며 빙그레 웃는 속이—그러나 아내야, 가만있자—제발 울음을 그쳐라. 어디 이야기나 좀 해 보자꾸나. 후 한—숨을

19. 동류 중의 셋째.
20. 요리사.

내쉬고 났더니 멈췄던 취기가 한꺼번에 치밀어 올라오면서 그는 금시로 그 자리에 쓰러질 것 같았다. 와이셔츠 자락이 바지 밖으로 꿰져 나온 이 양돼지에게 말을 건넨다.「뵈옵기에 퍽 몸이 약하신데요.」「딴 말씀.」「딴 말씀이라니.」「딴 말씀이지.」「딴 말씀이시라니.」「허, 딴 말씀이라니까.」「허, 딴 말씀이라니까라니.」그때 참다못하여 경부보가 소리를 질렀다. 그리고 그대가 나미코의 정당한 남편인가. 이름은 무엇인가, 직업은 무엇인가, 하는 질문에는 질문마다 그저 한없이 공손히 고개를 숙여주었을 뿐이었다. 고개만 그렇게 공연히 숙였다 치켰다 할 것이 아니라 그대는 그래 고소할 터인가. 즉 말하자면 이 사람을 어떻게 하였으면 좋겠는가. 그렇습니다. (당신들 눈에 내가 구더기만큼이나 보이겠소? 이 사람을 어떻게 하였으면 좋을까는 내가 모르면 경찰이 알겠거니와 그래 내가 하라는 대로 하겠다는 말이오?) 지금 내가 어떻게 하였으면 좋을까는 누구에게 물어보아야 되나요? 거기 서있는 오 그리고 내 아내의 주인 나를 위하여 가르쳐주소, 어떻게 하였으면 좋으리까. 눈물이 어느 사이에 뺨을 흐르고 있었다. 술이 점점 더 취하여 들어온다. 그는 이 자리에서 어떻다고 차마 입을 벌릴 정신도 용기도 없었다. 오와 뚱뚱 주인이 그의 어깨를 건드리며 위로한다. 「다른 사람이 아니라 우리 A 취인점 전무야. 술 취한 개라니 그렇게만 알게나그려. 자네도 알다시피 내일 망년회에 전무가 없으면 사장이 없는 것 이상이야. 잘 화해할 수는 없나.」 「화해라니 누구를 위해서.」 「친구를 위하야.」 「친구라니.」 「그럼 우리 점을 위해서.」 「자네가 사장인가.」 그때 뚱뚱 주인이 「그럼 당신의 아내를 위하야.」 백 원씩 두 번 얻어 썼다. 남은 것이 150원—잘 알아들었다. 나를 위협하는 모양이구나. 「이건 동화지만 세상에는 어쨌든 이런 일도 있소. 즉 백 원이 석 달 만에 꼭 5백 원이 되는 이야긴데 꼭 되었어야 할 5백 원이 그게 넉 달이었기 때문에 감쪽같이 한 푼도 없어져 버린 신기한 이야기요. (오야, 내가 좀 치사스러우냐.) 자, 이런 일도 있는데 일개 여급 발길로 차는 것쯤이야 팔고물이 아니고 무엇이겠소? (그러나 오야, 일없다. 일없다.) 자, 나는 가겠소. 왜들 이렇게 성가시게 구느냐, 나는 아무것에도 참견하기 싫다. 이 술을 곱게 삭이고 싶다. 나를 보내주시오. 아내를 데리고 가겠소. 그러고는 다 마음대로 하시오.」

밤—홍수가 고갈한 최초의 밤—신기하게도 건조한 밤이었다. 아내야, 너는 이 이상 더 야위어서는 안 된다. 절대로 안 된다. 명령해둔다. 그러나 아내는 참새 모양으로 깽깽 신열까지 내어가면서 날이 새도록 앓았다. 그 곁에서 그는 이것은 너무나 염치없이 씨근씨근 쓰러지자마자 잠이 들어버렸다. 안 골던 코까지 골고—아—정말 양돼지는 누구냐. 너무 피곤하였던 것이다. 그냥 기가 막혀버렸던 것이다.

그동안—긴 시간.

아내는 아침에 나갔다. 사부로가 부르러 왔기 때문이다. 경찰서로 간단다. 그도 오란다. 모든 것이 귀찮았다. 다리 저는 아내를 억지로 내어보내 놓고 그는 인간 세상의 하품을 한 번 커다랗게 하였다. 한없이 게으른 것이 역시 제일이구나. 첩첩이 덧문을 닫고 앓는 소리 없는 방 안에서 이번에는 정말—제발 될 수 있는 대로 아내는 오래 걸려서 이따가 저녁때나 되거든 돌아왔으면 그러든지—경우에 따라서는 아내가 아주 가버리기를 바라기조차 하였다. 두 다리를 쭉 뻗고 깊이깊이 잠이 좀 들어보고 싶었다.

오후 두 시—10원 지폐가 두 장이었다. 아내는 그 앞에서 연해 해죽거렸다. 「누가 주드냐.」 「당신 친구 오 씨가 줍디다.」 오, 오, 역시 오로구나(그게 네 백 원 꿀떡 삼킨 동화의 주인공이다). 그리운 지난날의 기억들 변한다. 모든 것이 변한다. 아무리 그가 이 방 덧문을 첩첩 닫고 1년 열두 달을 수염도 안 깎고 누워 있다 하더라도 세상은 그 잔인한 '관계'를 가지고 담벼락을 뚫고 스며든다. 오래간만에 잠다운 잠을 참 한참 늘어지게 잤다. 머리가 차츰차츰 맑아 들어온다. 「오가 주드라. 그래 뭐라고 그러면서 주드냐.」 「전무가 술이 깨서 참 잘못했다고 사과하드라고.」 「너 대체 어디까지 갔다 왔느냐.」 「조바까지.」 「잘한다, 그래 그걸 넙적 받았느냐.」 「안 받으려다가 정 잘못했다고 그러드라니까.」 그럼 오의 돈은 아니다. 전무? 뚱뚱 주인 둘 다 있을 법한 일이다. 아니, 10원씩 추렴인가. 이런 때 왜 그의 머리는 맑은가. 그냥 흐려서 아무것도 생각할 수 없이 되어버렸으면 작히 좋겠나. 망년회 오후. 고소. 위자료. 구더기. 구더기만도 못한 인간 아내는. 아프다면서 재재댄다. 「공돈이 생겼으니 써버립시다. 오늘은 안 나갈 테야. (멍든 데 고약사 바를 생각은 꿈에도 하지 않고.) 내일 낮에 치마가 한 감, 저고리가 한 감. (뭣이 하나, 뭣이 하나.) (그래서 10원은 까불린 다음.) 나머지 10원은 당신 구두 한 켤레 맞춰주기로.」 마음대로 하려무나. 나는 졸립다. 졸려 죽겠다. 코를 풀어 버리더라도 내게 의논 마라. 지금쯤 R 회관 3층에 얼마나 장중한 연회가 열렸을 것이며 양돼지 전무는 와이셔츠를 접어 넣고 얼마나 점잖을 것인가. 유치장에서 연회로 (공장에서 가정으로) 20원짜리—2백여 명—칠면조—햄—소시지—비계—양돼지—1년 전, 2년 전, 10년 전—수염—냉회와 같은 것—남은 것—뼈다귀—지저분한 자국—과 무엇이 남았느냐—닫은 1년 동안—산 채 썩어 들어가는 그 앞에 가로놓인 아가리 딱 벌린 1월이었다.

위로가 될 수 있었나 보다. 아내는 혼곤히 잠이 들었다. 전등이 딱들하다는 듯이 물끄러미 내려다보고 있다. 진종일을 물 한 모금 마시지 않았다. 20원 때문에 그들 부부는 먹어야 산다는 철칙을—그 장중한 법률을 완전히 거역할 수 있었다.

이것이 지금 이 기괴망측한 생리 현상이 즉 배가 고프다는 상태렷다. 배가 고프다. 한심한 일이다. 부끄러운 일이었다. 그러나 오, 네 생활에 내 생활을 비교하여 아니 내 생활에 네 생활을 비교하여 어떤 것이 진정 우수한 것이냐. 아니 어떤 것이 진정 열등한 것이냐. 외투를 걸치고 모자를 얹고—그리고 잊어버리지 않고 그 20원을 주머니에 넣고 집—방을 나섰다. 밤은 안개로 하여 흐릿하다. 공기는 제대로 썩어 들어가는지 쉬척지근하여. 또—과연 거미다. (환투)—그는 그의 손가락을 코밑에 가져다가 가만히 맡아보았다. 거미 냄새는—그러나 20원을 요모조모 가무리던 그 새금한 지폐 냄새가 참 그윽할 뿐이었다. 요 새금한 냄새—요것 때문에 세상은 가만있지 못하고 생사람을 더러 잡는다—더러가 뭐냐. 얼마나 많이 축을 내나. 가다듬을 수 없는 어지러운 심정이었다. 거미—그렇지—거미는 나밖에 없다. 보아라. 지금 이 거미의 끈적끈적한 촉수가 어디로 몰려가고 있나—쪽 소름이 끼치고 식은땀이 내솟기 시작이다.

노한 촉수—마유미—오의 자신 있는 계집—끄나풀—허전한 것—수단은 없다. 손에 쥔 20원—마유미—10원은 술 먹고 10원은 팁으로 주고 그래서 마유미가 응하지 않거든 예이 양돼지라고 그래버리지. 그래도 그만이라면 20원은 그냥 날아가—헛되다—그러나 어떠냐. 공돈이 아니냐. 전무는 한 번 더 아내를 층계에서 굴러 떨어뜨려 주려무나. 또 20원이다. 10원은 술값, 10원은 팁. 그래도 마유미가 응하지 않거든 양돼지라고 그래주고 그래도 그만이면 20원은 그냥 뜨는 것이다. 부탁이다. 아내야, 또 한 번 전무 귀에다 대고 양돼지, 그래라. 걷어차거든 두말 말고 층계에서 내리굴러라.

『중앙』, 1936.6, 230~242쪽.

종생기終生記[1]

극유산호—요 다섯 자 동안에 나는 두 자 이상의 오자를 범했는가 싶다. 이것은 나 스스로 하늘을 우러러 부끄러워할 일이겠으나 인지가 발달해가는 면목이 실로 약여하다[2].

죽는 한이 있더라도 이 산호 채찍을랑 꽉 쥐고 죽으리라. 네 폐포파립[3] 위에 퇴색한 망해[4] 위에 봉황이 와 앉으리라.

1. 목숨이 다할 때까지의 기록, 생을 마치는 데 대한 기록.
2. 생생하게 나타나다.
3. 해어진 옷과 부서진 갓. 초라한 차림새.
4. 유골.

나는 내 '종생기'가 천하 눈 있는 선비들의 간담을 서늘하게 해놓기를 애틋이 바라는 일념 아래 이만큼 인색한 내 맵시의 절약법을 피력하여 보인다.

일발 포성에 부득이 영웅이 되고 만 희대의 군인 모某는 아흔에 귀를 단 황송한 일생을 끝맺던 날 이렇다는 유언 한마디를 지껄이지 않고 그 임종의 장면을 곧잘(무사히 후— 한숨이 나올 만큼) 넘겼다.

그런데 우리들의 레우오치카—애칭 톨스토이—는 괴나리봇짐을 짊어지고 나선 데까지는 기껏 그럴 성싶게 꾸며가지고 마지막 5분에 가서 그만 잡았다. 자지레한 유언 나부랭이로 말미암아 70년 공든 탑을 무너트렸고 허울 좋은 일생에 가실 수 없는 흠집을 하나 내어놓고 말았다.

나는 일개 교활한 옵서버의 자격으로 그런 우매한 성인聖人들의 생애를 방청하여있으니 내가 그런 따위 실수를 알고도 재범할 리가 없는 것이다.

거울을 향하여 면도질을 한다. 잘못해서 나는 생채기를 낸다. 나는 골을 벌컥 낸다.

그러나 와글와글 들끓는 여러 '나'와 나는 정면으로

충돌하기 때문에 그들은 제각기 베스트를 다하여 제 자신만을 변호하는 때문에 나는 좀처럼 범인을 찾아내기는 어렵다는 것이다.

그러기에 대저 어리석은 민중들은 '원숭이가 사람 흉내를 내네.' 하고 마음을 놓고 지내는 모양이지만 사실 사람이 원숭이 흉내를 내고 지내는바 짜 지당한 전고를 이해하지 못하는 탓이리라.

오호라, 일거수일투족이 이미 아담 이브의 그런 충동적 습관에서는 탈각한 지 오래다. 반사 운동과 반사 운동의 틈바구니에 끼어서 잠시 실로 전광석화만큼 손가락이 자의식의 포로가 되었을 때 나는 모처럼 내 허무한 세월 가운데 한각되어있는[5] 기암 내 콧잔등이를 좀 만지작만지작했다거나, 고귀한 대화와 대화 늘어선 쇠사슬 사이에도 정히 간발을 허용하는 들창이 있나니 그 서슬 퍼런 날이 자의식을 건잡을 사이도 없이 양단하는 순간 나는 내 명경같이 맑아야 할 지보[6] 두 눈에 혹시 눈곱이 끼지나 않았나 하는 듯이 적절하게

5. 무심하게 내버려지다.
6. 더없이 중요한 보배.

주름살 잡힌 손수건을 꺼내어서는 그 두 눈을 만지작 만지작했다거나—.

내 혼백과 사대[7]의 점잖은 태만성이 그런 사소한 연화[8]들을 일일이 따라다니면서 (보고 와서) 내 총괄되는 처소에다 일러바쳐야만 하는 그런 압도적 망쇄를 나는 이루 감당해내는 수가 없다.

그러나 나는 내 지중한 산호편을 자랑하고 싶다.

'쓰레기' '우거지'

이 구지레한 단자[9]의 분위기를 족하[10]는 족히 이해하십니까.

족하는 족하가 기독교식으로 결혼하던 날 네이브 · 앤드 · 아일nave and aisle에서 이 '쓰레기' '우거지'에 근이한 감흥을 맛보았으리라고 생각이 되는데 과연 그렇지는 않으십니까.

나는 그런 '쓰레기'나 '우거지' 같은 테이프를—내 종생기 처처에다 가련히 심어놓은 자지레한 치레를

7. 사람의 몸.
8. 인연.
9. 단어를 표시한 글자.
10. 또래 사이에서 상대편을 높여 이르는 말. 편지를 받아 보는 사람 이름 아래 쓴다.

위하여—뿌려보려는 것인데—.

다행히 박수하다. 이상以上.

×

'치사한 소녀는', '해동기의 시냇가에 서서', '입술이 낙화 지듯 좀 파래지면서', '박빙 밑으로는 무엇이 저리도 움직이는가 하고', '고개를 갸웃거리는 듯이 숙이고 있는데', '봄 운기를 품은 훈풍이 불어와서', '스커트', 아니 아니, '너무나'. 아니, 아니, '좀' '슬퍼 보이는 홍발을 건드리면' 그만. 더 아니다. 나는 한 마디 가련한 어휘를 첨가할 성의를 보이자.

'나붓나붓'.

이만하면 완비된 장치에 틀림없으리라. 나는 내 종생기의 서장을 꾸밀 그 소문 높은 산호편을 더 여실히[11] 하기 위하여 위와 같은 실로 나로서는 너무나 과람히 치사스럽고 어마어마한 세간살이를 장만한 것이다.

그런데—.

11. 사실과 꼭 같이.

혹 지나치지나 않았나. 천하에 형안이 없지 않으니까 너무 금칠을 아니 했다가는 선불리 들킬 염려가 있다. 하나―.

그냥 어디 이대로 써(用)보기로 하자.

나는 지금 가을바람이 자못 소슬한 내 구중중한 방에 홀로 누워 종생하고 있다.

어머니 아버지의 충고에 의하면 나는 추호의 틀림도 없는 만 25세와 11개월의 '홍안 미소년'이라는 것이다. 그렇건만 나는 확실히 노옹이다. 그 날 하루하루가 '인생은 짧고 예술은 기다랗다.' 하는 엄청난 평생이다.

나는 날마다 운명하였다. 나는 자던 잠―이 잠이야말로 언제 시작한 잠이더냐―을 깨이면 내 통절한 생애가 개시되는데 청춘이 여지없이 탕진되는 것은 이불을 푹 뒤집어쓰고 누웠지만 역력히 목도한다.

나는 노래老來에 빈한한 식사를 한다. 열두 시간 이내에 종생을 맞이하고 그리고 할 수 없이 이리 궁리, 저리 궁리 유언다운 어디 유실되어 있지 않나 하고 찾고, 찾아서는 그중 의젓스러운 놈으로 몇 추린다.

그러나 고독한 만년 가운데 한 구의 에피그람을 얻

지 못하고 그대로 처참히 나는 물고하고[12] 만다.

일생의 하루—.

하루의 일생은 대체(위선) 이렇게 해서 끝나고 끝나고 하는 것이었다.

자— 보아라.

이런 내 분장은 좀 과하게 치사스럽다는 느낌은 없을까 없지 않다.

그러나 위풍당당 일세를 풍미할 만한 참신무비한 햄릿(망언다사)을 하나 출세시키기 위하여는 이만한 출자는 아끼지 말아야 하지 않을까 하는 느낌도 없지 않다.

나는 가을. 소녀는 해동기.

어느 제나 이 두 사람이 만나서 즐거운 소꿉장난을 한번 해 보리까.

나는 그해 봄에도—.

부질없는 세상이 스스러워서 상설霜雪 같은 위엄을 갖춘 몸으로 한심한 불우의 일월日月을 맞고 보내지 않으면 안 되었다.

12. 사회적으로 이름난 사람 또는 죄를 지은 사람이 죽다.

미문美文, 미문, 애아曖牙! 미문.

미문이라는 것은 적이 조처하기 위험한 수작이니라.

나는 내 감상의 꿀방구리 속에 청산 가던 나비처럼 마취혼사하기 자칫 쉬운 것이다. 조심조심 나는 내 맵시를 고쳐야 할 것을 안다.

나는 그날 아침에 무슨 생각에서 그랬던지 이를 닦으면서 내 작성 중에 있는 유서 때문에 끙끙 앓았다.

열세 벌의 유서가 거의 완성해가는 것이었다. 그러나 그 어느 것을 집어내 보아도 다 같이 서른여섯 살에 자살한 어느 '천재'가 머리말에 놓고 간 개세[13]의 일품의 아류에서 1보를 나서지 못했다. 내게 요만 재주밖에는 없느냐는 것이 다시없이 분하고 억울한 사정이었고 또 초조의 근원이었다. 미간을 찌푸리되 가장 고매한 얼굴은 지속해야 할 것을 잊어버리지 않고 그리고 계속하여 끙끙 앓고 있노라니까(나는 일시 일각을 허송하지는 않는다. 나는 없는 지혜를 끊이지 않고 쥐어짠다.) 속달 편지가 왔다. 소녀에게서다.

13. 기상이나 위력, 재능 따위가 세상을 덮음.

선생님! 어제저녁 꿈에도 저는 선생님을 만나 뵈었습니다. 꿈 가운데 선생님은 참 다정하십니다. 저를 어린애처럼 귀여워해 주십니다.

그러나 백일[14] 아래 표표하신 선생님은 저를 부르시지 않습니다.

비굴이라는 것이 무슨 빛으로 되어있나 보시려거든 선생님은 거울을 한번 보아보십시오. 거기 비치는 선생님의 얼굴빛이 바로 비굴이라는 것의 빛입니다.

헤어진 부인과 3년을 동거하시는 동안에 너 가거라 소리를 한 마디도 하신 일이 없다는 것이 선생님의 유일의 자만이십니다그려! 그렇게까지 선생님은 인정에 구구苟苟하신가요.

R과도 깨끗이 헤어졌습니다. S와도 절연한 지 벌써 다섯 달이나 된다는 것은 선생님께서도 믿어주시는 바지요? 다섯 달 동안 저에게는 아무것도 없습니다. 저의 청절을 인정해주시기 바랍니다.

저의 최후까지 더럽히지 않은 것을 선생님께 드리겠습니다. 저의 희멀건 살의 매력이 이렇게 다섯 달 동안이나 놀고 없는 것은 참 무엇이라고 말할 수 없이 아깝습니다. 저의 잔털 나스르르한 목, 영한 온도가

14. 白日, 구름이 끼지 않아 밝게 빛나는 해.

선생님을 기다리고 있습니다. 선생님이여! 저를 부르십시오. 저더러 영영 오라는 말을 안 하시는 것은 그것 역시 가신 적 경우와 똑같은 이론에서 나온 구구한 인생 변호의 치사스러운 수법이신가요?

영원히 선생님 '한 분'만을 사랑하지요. 어서어서 저를 전적으로 선생님만의 것을 만들어주십시오. 선생님의 '전용'이 되게 하십시오.

제가 아주 어수룩한 줄 오산하고 계신 모양인데 오산치고는 좀 어림없는 큰 오산이리다.

네 딴은 제법 든든한 줄만 믿고 있는 네 그 안전지대라는 것을 너는 아마 하나 가진 모양인데 그까짓 것쯤 내 말 한마디에 사태가 나고 말리라, 이렇게 일러드리고 싶습니다. 또—.

예끼! 구역질 나는 인생 같으니, 이러고도 싶습니다.

3월 3일 날 오후 두 시에 동소문 버스 정류장 앞으로 꼭 와야 되지 그러지 않으면 큰일 나요. 내 징벌을 안 받지 못하리다.

만 19세 2개월을 맞이하는

정희 올림

이상 선생님께

물론 이것은 죄다 거짓부렁이다. 그러나 그 일촉즉발의 아슬아슬한 용심법이 특히 그중에도 결미의 비견할 데 없는 청초함이 장히 질풍신뢰를 품은 듯한 명문이다.

나는 까무러칠 뻔하면서 혀를 내어둘렀다. 나는 깜빡 속기로 한다. 속고 만다.

여기 이 이상 선생님이라는 허수아비 같은 나는 지난밤 사이에 내 평생을 경력했다. 나는 드디어 쭈글쭈글하게 노쇠해버렸던 차에 아침(이 온 것)을 보고 이키! 남들이 보는 데서는 나는 가급적 어쭙잖게 (잠을) 자야 되는 것이어늘, 하고 늘 이를 닦고 그러고는 도로 얼른 자버릇하는 것이었다. 오늘도 또 그럴 셈이었다.

사람들은 나를 보고 짐짓 기이하기도 해서 그러는지 경천동지의 육중한 경륜을 품은 사람인가 보다고들 속는다. 그러니까 고렇게 하는 것이 내 시시한 자세나마 유지시킬 수 있는 유일무이의 비결이었다. 즉 나는 남들 좀 보라고 낮에 잔다.

그러나 그 편지를 받고 흔희작약, 나는 개세의 경

륜과 유서의 고민을 깨끗이 씻어버리기 위하여 바로 이발소로 갔다. 나는 여간 아니 호걸답게 입술에다 치분을 허옇게 묻혀가지고는 그 현란한 거울 앞에 가 앉아 이제 호화장려하게 개막하려 드는 내 종생을 유유히 즐기기로 거기 해당하게 내 맵시를 수습하는 것이었다.

우선 그 작소라는 뇌명까지 있는 봉발을 썰어서 상고머리라는 것을 만들었다. 오각수[15]는 깨끗이 도태해버렸다. 귀를 우비고 코털을 다듬었다. 안마도 했다. 그리고 비누 세수를 한 다음 문득 거울을 들여다보니 품 있는 데라고는 한 귀퉁이도 없어 보이는 듯하면서 또한 태생을 어찌 어기리오, 좋도록 말해서 라파엘전파 일원같이 그렇게 청초한 백면서생이라고도 보아줄 수 있지, 하고 실없이 제 얼굴을 미남자거니 고집하고 싶어 하는 구지레한 욕심을 내심 탄식하였다.

아차! 나에게도 모자가 있다. 겨우내 구기박질러 두었던 것을 부득부득 끄집어내었다. 15분간 세탁소로 가지고 가서 멀쩡하게 만들었다. 그리고 흰 바지

15. 윗입술의 양쪽, 양 볼, 턱에 난 털이 다섯모꼴을 이루고 있는 수염.

저고리에 고동색 대님을 다 치고 차림차림이 제법 이색이 있다. 공단은 못 되나마 능직 두루마기에 이만하면 고왕금래 모모한[16] 천재의 풍모에 비겨도 조금도 손색이 없으리라. 나는 내 그런 여간 이만저만하지 않은 풍모를 더욱더욱 이만저만하지 않게 모디파이어[17]하기 위하여 가늘지도 굵지도 않은 고다지 알맞은 단장을 하나 내 손에 쥐여주어야 할 것도 때마침 잊어버리지는 않았다.

별수 없이—.

오늘이 즉 3월 3일인 것이다.

나는 점잖게 한 30분쯤 지각해서 동소문 지정받은 자리에 도착하였다. 정희는 또 정희대로 아주 정희답게 한 30분쯤 일찍 와서 있다.

정희의 입상은 제정 러시아 적 우표딱지처럼 적잖이 슬프다. 이것은 아직도 얼음을 품은 바람이 해토머리답게 싸늘해서 말하자면 정희의 모양을 얼마간 침통하게 해 보일 탓이렷다.

16. 손꼽을 만큼 저명한.
17. modifier, 수정하다.

나는 이런 경우에 천만뜻밖에도 눈물이 핑 눈에 그뜩 돌아야 하는 것이 꼭 맞는 원칙으로서의 의표가 아닐까 그렇게 생각하면서 저벅저벅 정희 앞으로 다가갔다.

우리 둘은 이 땅을 처음 찾아온 제비 한 쌍처럼 잘 앙증스럽게 만보하기 시작했다. 걸어가면서도 나는 내 두루마기에 잡히는 주름살 하나에도 단장을 한 번 휘젓는 곡절에도 세세히 조심한다. 나는 말하자면 내 우연한 종생을 감쪽스럽도록 찬란하게 허식하기 위하여 내 박빙을 밟는 듯한 포즈를 아차 실수로 무너트리거나 해서는 절대로 안 된다는 것을 굳게 굳게 명하고 있는 까닭이다.

그러면 맨 처음 발언으로는 나는 어떤 기절 참절한 경구를 내어놓아야 할 것인가, 이것 때문에 또 잠깐 머뭇머뭇하지 않을 수도 없었지만 그렇다고 바로 대고 거 어쩌면 그렇게 똑 제정 러시아 적 우표딱지같이 초초하니 어쩌니 하는 수는 차마 없다.

나는 선뜻

「설마가 사람을 죽이느니.」

하는 소리를 저 배 속에서부터 우러나오는 듯한 그

런 가라앉은 목소리에 꽤 명료한 발음을 얹어서 정희 귀 가까이다 대고 지껄여버렸다. 이만하면 아마 그 경우의 최초의 발성으로는 무던히 성공한 편이리라. 뜻인즉, 네가 오라고 그랬다고 그렇게 내가 불쑥 올 줄은 너 꿈에도 생각하지 못했으리라는 꼼꼼한 의도다.

나는 아침 반찬으로 콩나물을 3전어치는 안 팔겠다는 것을 교묘히 무사히 3전어치만 살 수 있는 것과 같은 미끈한 쾌감을 맛본다. 내 딴은 다행히 노랑돈 한 푼도 참 용하게 낭비하지는 않은 듯싶었다.

그러나 그런 내 청천에 벽력이 떨어진 것 같은 인사에 대하여 정희는 실로 대답이 없다. 이것은 참 큰일이다.

아이들이 고추 먹고 맴맴 담배 먹고 맴맴 하고 노는 그런 암팡진 수단으로 그냥 단번에 나를 어지러트려서는 넘어트려 버릴 작정인 모양이다.

정말 그렇다면!

이 상쾌한 정희의 확호 부동자세야말로 엔간찮은 출품이 아닐 수 없다. 내가 내어놓은바 살인촌철은 그만 즉석에서 분쇄되어 가엾은 부작不作으로 내려 떨어지고 마는 것이다, 하고 나는 느꼈다.

나는 나로서 할 수 있는 가장 큰 규모의 손짓 발짓을 한 벌 해 보이고 이윽고 낙담하였다는 것을 표시하였다. 일이 여기 이른 바에는 내 포즈 여부가 문제 아니다. 표정도 인제 더 써먹을 것이 남아있을 성싶지도 않고 해서 나는 겸연쩍게 안색을 좀 고쳐가지고 그리고 정희! 그럼 나는 가겠소, 하고 깍듯이 인사하고 그리고?

나는 발길을 돌쳐서 집을 향해 걷기 시작했다. 내 파란만장의 생애가 자지레한 말 한마디로 하여 그만 회신으로 돌아가고 만 것이다. 나는 세상에도 참혹한 풍채 아래서 내 종생을 치른 것이다,라고 생각하면서 그렇다면 그럼 그럴 성싶기도 하게 단장도 한두 번 휘두르고 입도 좀 일기죽일기죽해보기도 하고 하면서 행차하는 체해 보인다.

5초—10초—20초—30초—1분—.

결코 뒤를 돌아다보거나 해서는 못쓴다. 어디까지든지 사심 없이 패배한 체하고 걷는 체한다. 실심한 체한다.

나는 사실은 좀 어지럽다. 내 쇠약한 심장으로는 이런 자약한 체조를 그렇게 장시간 계속하기가 썩 어려운 것이다.

묘지명이라. 일세의 귀재 이상은 그 통생의 대작 『종생기』 1편을 남기고 서력 기원후 1937년 정축 3월 3일 미시 여기 백일白日 아래서 그 파란만장(?)의 생애를 끝막고 문득 졸하다. 향년 만 25세와 11개월. 오호라! 상심커다. 허탈이야 잔존하는 또 하나의 이상 구천을 우러러 호곡하고 이 한산 일편석을 세우노라. 애인 정희는 그대의 몰후[18] 수삼 인의 비첩[19] 된 바 있고 오히려 장수하니 지하의 이상아! 바라건대 명목하라[20].

그리 칠칠치는 못하나마 이만큼 해가지고 이꼴 저꼴 구지레한 흠집을 살짝 도회하기로 하자. 고만 실수는 여상의 묘기로 겸사겸사 메꾸고 다시 나는 내 반생의 진용 후일에 관해 차근차근 고려하기로 한다. 이상以上.

역대의 에피그람과 경국의 철칙이 다 나에 있어서

18. 사후.
19. 여자 종으로서 첩이 된 사람.
20. 눈을 감다.

는 내 위선을 암장하는 한 스무드한 구실에 지나지 않는다. 실로 나는 내 낙명[21]의 자리에서도 임종의 합리화를 위하여 코로[22]처럼 도색의 팔레트를 볼 수도 없거니와 톨스토이처럼 탄식해주고 싶은 쥐꼬리만 한 금언의 추억도 가지지 않고 그냥 난데없이 다리를 삐어 넘어지듯이 스르르 죽어가리라.

거룩하다는 칭호를 휴대하고 나를 찾아오는 '연애'라는 것을 응수하는 데 있어서도 어디서 어떤 노소간의 의뭉스러운 선인들이 발라먹고 내버린 그런 유훈을 나는 헐값에 걷어 들여다가는 제련 재탕 다시 써먹는다.

는 줄로만 알았다가도 또 내게 혼나는 경우가 있으리라.

나는 찬밥 한술, 냉수 한 모금을 먹고도 넉넉히 일세를 위압할 만한 '고언'을 적적할[23] 수 있는 그런 지혜의 실력을 가졌다.

그러나 자의식의 절정 위에 발돋움을 하고 올라선

21. 목숨을 잃음.
22. 19세기 프랑스의 화가 Jean Baptiste Camille Corot.
23. 들추어내다.

단말마의 비결을 보통 야시 국수버섯을 팔러 오신 시골 아주머니에게 서너 푼에 그냥 넘겨주고 그만두는 그렇게까지 자신의 에티켓을 미화시키는 겸허의 방식도 또한 나는 무루히[24] 터득하고 있는 것이다. 당목할지어다[25]. 이상以上.

난마와 같이 갈피를 잡을 수 없는 얼마간 비극적인 자기 탐구.

이런 흑발 같은 남루한 주제는 문벌이 버젓한 나로서 채택할 신세가 아니거니와 나는 태서의 에티켓으로 차 한잔을 마실 적의 포즈에 대하여도 세심하고 세심한 용의가 필요하다.

휘파람 한 번을 분다 치더라도 내 극비리에 정선 은닉된 절차를 온고하여야만 한다. 그런 다음이 아니고는 나는 희망 잃은 황혼에서도 휘파람 한 마디를 마음대로 불 수는 없는 것이다.

동물에 대한 고결한 지식?

사슴, 물오리, 이 밖의 어떤 종류의 동물도 내 애니

24. 번뇌에서 벗어난 상태로.
25. 놀라거나 괴이쩍게 여겨 눈을 휘둥그렇게 뜨고 쳐다보다.

멀 킹덤에서는 탈락되어있어야 한다. 나는 이 수렵용으로 귀여히 가여히 되어먹어 있는 동물 외의 동물에 언제든지 무가내하로 무지하다.

또—.

그럼 풍경에 대한 방만한 처신법?

어떤 풍경을 묻지 않고 풍경의 근원, 중심, 초점이 말하자면 나 하나 '도련님'다운 소행에 있어야 할 것을 방약무인으로 강조한다. 나는 이 맹목적 신조를 두 눈을 그대로 딱 부르감고 믿어야 된다.

자진한 '우매', '몰각'이 참 어렵다.

보아라. 이 자득하는 우매의 절기를! 몰각의 절기를.

백구는 의백사하니 막부춘초벽하라.

이태백. 이 전후 만고의 으리으리한 '화족'. 나는 이태백을 닮기도 해야 한다. 그렇기 위하여 오언 절구 한 줄에서도 한 자가량의 태연자약한 실수를 범해야만 한다. 현란한 문벌이 풍기는 가히 범할 수 없는 기품과 세도가 넉넉히 고시 한 절쯤 서슴지 않고 생채기를 내어놓아도 다들 어수룩한 체들 하고 속느니 하는 교만한 미신이다.

곱게 빨아서 곱게 다리미질을 해놓은 한 벌 슈미즈의 꼬빡 속는 청절처럼 그렇게 아담하게 나는 어떠한 질차[26]에서도 거뜬하게 얄미운 미소와 함께 일어나야만 하는 것이니까—.

오늘날 내 한 씨족이 분명치 못한 소녀에게 선불리 딴죽을 걸려 넘어진다기로서니 이대로 내 숙망의 호화유려한 종생을 한 방울 하잘것없는 오점을 내는 채 투시[27]해서야 어찌 초지의 만일에 응답할 수 있는 면목이 족히 서겠는가, 하는 허울 좋은 구실이 영일[28] 밤보다도 오히려 한 뼘 짧은 내 전정[29]에 대두하기 시작하는 것이었다.

완만, 착실한 서술!

나는 과히 눈에 띌 성싶지 않은 한 지점을 재재바르게 붙들어서 거기서 공연히 담배를 한 갑 사 (주머니에 넣고) 피워 물고 정희의 뻔—한 걸음을 다시 뒤따랐다.

나는 그저 일상의 다반사를 간과하듯이 범연하게

26. 跌蹉, '차질'의 글자 순서를 바꿔 쓴 것.
27. 숟가락을 던지다.
28. 하루해가 긴 날.
29. 앞길.

휘파람을 불고 내, 구두 뒤축이 아스팔트,를 디디는 템포, 음향, 이런 것들의 귀찮은 조절에도 깔끔히 정신 차리면서 넉넉잡고 3분, 다시 돌친 걸음은 정희와 어깨를 나란히 걸을 수 있었다. 부질없는 세상에 제 심각하면 침통하면 또 어쩌겠느냐는 듯싶은 서운한 눈의 위치를 동소문 밖 신개지 풍경 어디라고 정치 않은 한 점에 두어두었으니 보라는 듯한 부득부득 지근거리는 자세면서도 또 그렇지도 않을 성싶은 내 묘기 중에도 묘기를 더한층 허겁지겁 연마하기에 골똘하는 것이었다.

일모창산[30]—.

날은 저물었다. 아차! 저물지 않은 것으로 하는 것이 좋을까 보다.

날은 아직 저물지 않았다.

그러면 아까 장만해둔 세간 기구를 내세워 어디 차근차근 살림살이를 한번 치러볼 천우의 호기가 배 앞으로 다다랐나 보다. 자—.

태생은 어길 수 없어 비천한 '태'를 감추지 못하는

30. 해 질 녘의 푸른 산.

딸—. (전기 치사한 소녀 운운은 어디까지든지 이 바보 이상李箱의 호의에서 나온 곡해다. 모파상의 『지방덩어리』를 생각하자. 가족은 미만 14세의 딸에게 매음시켰다. 두 번째는 미만 19세의 딸이 자진했다. 아— 세 번째는 그 나이 스물두 살이 되던 해 봄에 얹은 낭자를 내리우고 게다 다홍 댕기를 드려 늘어트려 편발[31] 처자를 위조하여는 대거하여 강행으로 매끽하여 버렸다.)

비천한 뉘 집 딸이 해빙기의 시냇가에 서서 입술이 낙화 지듯 좀 파래지면서 박빙 밑으로는 무엇이 저리도 움직이는가, 하고 고개를 갸웃거리는 듯이 숙이고 있는데 봄 방향[32]을 품은 훈풍이 불어와서 스커트, 아니 너무나, 슬퍼 보이는, 아니, 좀 슬퍼 보이는 홍발을 건드리면—.

좀 슬퍼 보이는 홍발을 나붓나붓 건드리면—.

여상이다. 이 개기름 도는 가소로운 무대를 앞에 두고 나는 나대로 나답게 가문이라는 자지레한 '투'는

31. 관례를 치르기 전에 하던 길게 땋아 늘인 머리.
32. 꽃다운 향기.

어떤 일이 있더라도 잊어버리지 않고 채석장 희멀건 단층을 건너다보면서 탄식 비슷이

「지구를 저며내는 사람들은 역시 자연 파괴자리라.」라는 둥

「개아미 집이야말로 과연 정연하구나.」라는 둥

「비가 오면, 아― 천하에 비가 오면.」

「작년에 났던 초목이 올해에도 또 돋으려누, 귀불귀란 무엇인가.」

라는 둥―.

치레 잘하면 제법 의젓스러워도 보일 만한 가장 한산한 과제로만 골라서 점잖게 방심해 보여놓는다.

정말일까? 거짓말일까. 정희가 불쑥 말을 한다. 한 소리가 「봄이 이렇게 왔군요.」 하고 윗니는 좀 사이가 벌어져서 보기 흉한 듯하니까 살짝 가리고 곱다고 자처하는 아랫니를 보이지 않으려고 했지만 부지불식간에 그렇게 내어다보인 것을 또 어쩝니까, 하는 듯싶이 가증하게 내어보이면서 또 여간해서 어림이 서지 않는 어중간한 얼굴을 그 위에 얹어 내세우는 것이었다.

좋아, 좋아, 좋아, 그만하면 잘되었어.

나는 고개 대신에 단장을 끄떡끄떡해 보이면서 창졸간에 그만 정희 어깨 위에다 손을 얹고 말았다.

그랬더니 정희는 적이 해괴해하노라,라는 듯이 잠시는 묵묵하더니―.

정희도 문벌이라든가 혹은 간단히 말해 에티켓이라든가 제법 배워서 짐작하노라고 속삭이는 것이 아닌가.

꿀꺽!

넘어가는 내 지지한 종생, 이렇게도 실수가 허해서야[33] 물질적 전 생애를 탕진해가면서 사수하여온 산호편의 본의가 대체 어디 있느냐? 내내 울화가 북받쳐 혼도할 것 같다.

흥천사 으슥한 구석방에 내 종생의 갈력[34]이 정희를 이끌어 들이기도 전에 나는 밤 쓸쓸히 거짓말깨나 해 놓았나 보다.

나는 내가 그윽이 음모한바 천고불역의 탕아, 이상

33. 실수를 허락해서야.
34. 있는 힘을 다함.

의 자지레한 문학의 빈민굴을 교란시키고자 하던 가지가지 진기한 연장이 어느 겨를에 빼뜰르기[35] 시작한 것을 여기서 깨단해야[36] 되나 보다. 사회는 어떠쿵, 도덕이 어떠쿵, 내면적 성찰 추구 적발 징벌은 어떠쿵, 자의식 과잉이 어떠쿵, 제 깜냥에 번지레한 칠을 해 내어걸은 치사스러운 간판들이 미상불 우스꽝스럽기가 그지없다.

'독화.'

족하는 이 꼭두각시 같은 어휘 한 마디를 잠시 맡아가지고 계셔보구려?

예술이라는 허망한 아궁이 근처에서 송장 근처에서보다도 한결 더 썰썰 기고 있는 그들 해반죽룩한 사도[37]의 혈족들 땟국 내 나는 틈에 가 끼여서, 나는—.

내 계집의 치마 단속곳을 갈가리 찢어놓았고, 버선 켤레를 걸레를 만들어놓았고, 검던 머리에 곱던 양자[38], 영악한 곰의 발자국이 질컥 디디고 지나간 것처럼

35. 무르다.
36. 오랫동안 생각해내지 못하던 일을 어떠한 실마리로 말미암아 깨닫다.
37. 죽음과 관련된 지역이나 사람.
38. 얼굴의 생긴 모양, 겉모습.

얼굴을 망가트려놓았고, 지기 친척의 돈을 뭉청 떼어 먹었고, 좌수터 유래 깊은 상호를 쑥밭을 만들어놓았고, 겁쟁이 취리자[39]는 골탕을 먹여놓았고, 대금업자의 수금인을 졸도시켰고, 사장과 취체역[40]과 사돈과 아범과 아비와 처남과 처제와 또 아비와 아비의 딸과 딸, 이 허다 중생으로 하여금 서로서로 이간을 붙이고 붙이게 하고 얼버무려져 싸움질을 하게 해놓았고, 사글셋방 새 다다미에 잉크와 요강과 팥죽을 엎질렀고, 누구누구를 임포텐스[41]를 만들어놓았고—.

'독화'라는 말의 콕 찌르는 맛을 그만하면 어렴풋이나마 어떻게 짐작이 서는가 싶소이까.

잘못 빚은 증편 같은 시 몇 줄, 소설 서너 편을 꿰차고 조출하게 등장하는 것을 아, 무엇인 줄 알고 깜빡 속고 선불리 손뼉을 한두 번 쳤다는 죄로 제 계집 간음당한 것보다도 더 큰 망신을 일신에 짊어지고 그러고는 앙탈 비슷이 시치미를 떼지 않으면 안 되는 어디까지든지 치사스러운 예의 절차—마귀(터주가)의

39. 돈이나 곡식을 빌려주고 그 변리를 받는 사람.
40. 주식회사의 이사.
41. impotence, 무력. 성교불능.

소행(덧났다.)이라고 돌려버리자?

'독화.'

물론 나는 내일 새벽에 내 길 들은 노상에서 무려 내게 필적하는 한 숨은 탕아를 해후할는지도 마치 모르나, 나는 신바람이 난 무당처럼 어깨를 치켰다 젖혔다 하면서라도 풍마우세의 고행을 얼른 그렇게 쉽사리 그만두지는 않는다.

아— 어쩐지 전신이 몹시 가렵다. 나는 무연한[42] 중생의 뭇 원한 탓으로 악역의 범함을 입나 보다. 나는 은근히 속으로 앓으면서 토일렛 정한 대야에다 양손을 정하게 씻은 다음 내 자리로 돌아와 앉아 차근차근 나 자신을 반성 회오—쉬운 말로 자지레한 셈을 좀 놓아보아야겠다.

에티켓? 문벌? 양식? 번신술?

그렇다고 내가 찔끔 정희 어깨 위에 얹었던 손을 뚝 뗀다든지 했다가는 큰 망발이다. 일을 잡치리라. 어디까지든지 내 뺨의 홍조만을 조심하면서 좋아, 좋아, 좋아, 그래만 주면 된다. 그러고 나서 피차 다 알아

42. 인연이 없다.

들었다는 듯이 어깨에 손은 얹은 채 어깨를 나란히 흥천사 경내로 들어갔다. 가서 길을 별안간 잃어버린 것처럼 자분참[43] 산 위로 올라가 버린다. 산 위에서 이번에는 정말 포즈를 하릴없이 무너트렸다는 것처럼 정교하게 머뭇머뭇해준다. 그러나 기실 말짱하다.

풍경 소리가 똑 알맞다. 이런 경우에는 제법 번듯한 식자가 있는 사람이면—.

아— 나는 왜 늘 항례[44]에서 비켜서려 드는 것일까? 잊었느냐? 비싼 월사를 바치고 얻은 고매한 학문과 예절을,

현역 육군 중좌에게서 받은 추상열일[45]의 훈육을 왜 나는 이 경우에 버젓하게 내세우지를 못하느냐?

창연한[46] 고찰[47], 유루 없는 장치에서 나는 정신 차려야 한다. 나는 내 쟁쟁한 이력을 솔직하게 써먹어야 한다. 나는 고개를 숙이고 담배를 한 대 피워 물고 도장에 들어가는 소, 죽기보다 싫은 서툴고 근질근질한

43. 지체 없이 곧.
44. 보통 있는 일.
45. 매우 엄하고 권위가 있는.
46. 몹시 슬퍼하는.
47. 오래된 절.

포즈 체모[48] 독주[49]에 어지간히 성공해야만 한다.

그랬더니 그만두란다. 당신의 그 어림없는 몸치렐랑 그만두세요. 저는 어지간히 식상이 되었습니다, 한다.

그렇다면?

내 꾸준한 노력도 일조일석에 수포로 돌아가는 것이 아닌가.

대체 정희라는 가련한 '석녀'가 제 어떤 재간으로 그런 음흉한 내 간계를 요만큼까지 간파했다는 것이다.

일시에 기진한다. 맥은 탁 풀리고는 앞이 팽 돌다 아찔하는 것이 이러다가 까무러치려나 보다 하고 극력 단장[50]을 의지하여 버텨보노라니까 희라! 내 기사회생의 종생도 이번만은 회춘하기 장히 어려울 듯싶다.

이상李箱! 당신은 세상을 경영할 줄 모르는 말하자면 병신이오. 그다지도 '미혹'하단 말씀이오? 건너다보니 절터지요? 그렇다 하더라도 『카라마조프가의 형제』나 『40년』을 좀 구경 삼아 들러보시지요.

아니지! 정희! 그게 뭐냐 하면 나도 살고 있어야 하

48. 체면.
49. 한 사람이 악기를 연주하는 것.
50. 짧은 지팡이.

겠으니 너도 살자는 사기, 속임수, 일부러 만들어 내어놓은 미신, 중에도 가장 우수한 무서운 주문이오.

이상李箱! 그러지 말고 시험 삼아 한 발만, 한 발자국만 저 개흙밭에다 들여놓아 보시지요.

이 악보같이 스무드한 담소 속에서 비철비철하노라면 나는 내게 필적하는 천의무봉[51]의 탕아가 이 목첩간[52]에 있는 것을 느낀다. 누구나 제 내어놓았던 협수룩한 포즈를 걷어치우느라고 허겁지겁들 할 것이다. 나도 그때 내 슬하에 이렇게 유산되는 자손을 느끼면서 만재에 드리우는 이 극흉 극비 종가의 부작[53]을 앞에 놓고서 적이 불안하게 또 한편으로는 적이 안일하게 운명하는 마지막 낙백[54]의 이 내 종생을 애오라지[55] 방불히[56] 하는 것이었다.

나는 내 분묘[57] 될 만한 조촐한 터전을 찾는 듯한 그

51. 일부러 꾸민 데 없이 자연스럽고 아름다우면서 흠이 없음.
52. 아주 가까운 때나 장소.
53. 부적.
54. 넋을 잃음.
55. 겨우. 오로지.
56. 거의 비슷하게. 어렴풋하게.
57. 무덤.

런 서글픈 마음으로 정희를 재촉하여 그 언덕을 내려왔다. 등 뒤에 들리는 풍경 소리는 진실로 내 심통함을 돋우는 듯하다고 사자하면[58] 정경을 한층 더 반듯하게 매만져놓는 한 도움이 되리라. 그럼 진실로 풍경 소리는 내 등 뒤에서 내 마지막 심통함을 한층 더 들볶아놓는 듯하더라.

미문에 견줄 만큼 위태위태한 것이 절승[59]에 혹사한[60] 풍경이다. 절승에 혹사한 풍경을 미문으로 번안, 모사해놓았다면 자칫 실족 익사하기 쉬운 웅덩이나 다름없는 것이니 첨위는 아예 가까이 다가서서는 안 된다. 도스토옙스키나 고리키는 미문을 쓰는 버릇이 없는 체했고 또 황량, 아담한 경치를 '취급'하지 않았으되 이 의뭉스러운 어른들은 직 미문은 쓸 듯 쓸 듯, 절승 경개는 나올 듯 나올 듯, 해만 보이고 끝끝내 아주 활짝 꼬랑지를 내보이지는 않고 그만둔 구렁이 같은 분들이기 때문에 그 기만술은 한층 더 진보된 것이며, 그런 만큼 효과가 또 절대하여 천 년을 두고

58. 글씨를 베껴 쓰다.
59. 빼어난 경치.
60. 아주 비슷한.

만 년을 두고 내리내리 부질없는 위무를 바라는 중속들을 잘 속일 수 있는 것이다. 그러나—.

왜 나는 미끈하게 솟아있는 근대 건축의 위용을 보면서 먼저 철근 철골, 시멘트와 세사, 이것부터 선뜩하니 감응하느냐는 말이다. 씻어버릴 수 없는 숙명의 호곡[61], 몽골리안 플렉(몽고지), 오뚝이처럼 쓰러져도 일어나고 쓰러져도 일어나고 하니 쓰러지나 섰으나 마찬가지 의지할 얄팍한 벽 한 조각 없는 고독, 고고[62], 독개, 초초[63].

나는 오늘 대오한[64] 바 있어 미문을 피하고 절승의 풍광을 격하여[65] 소조하게[66] 왕생하는 것이며 숙명의 슬픈 투시벽은 깨끗이 벗어놓고 온아 종용, 외로우나마 따뜻한 그늘 안에서 실명하는[67] 것이다.

의료하지 못한 이 홀홀한 '종생' 나는 요절인가 보

61. 소리 내어 슬피 욺.
62. 야위어서 파리함. 신세가 형편없게 됨.
63. 차림새나 모양이 말쑥하고 깨끗하다.
64. 크게 깨닫다.
65. 거리를 두다.
66. 고요하고 쓸쓸하게.
67. 목숨을 잃다.

다. 아니 중세 최절[68]인가 보다. 이길 수 없는 육박, 눈먼 떼까마귀의 매리[69] 속에서 탕아 중에도 탕아, 술객[70]중에도 술객이 난공불락의 관문의 괴멸, 구세주의 최후연히 방방곡곡이 여독은 삼투하는 장식 중에도 허식의 표백이다. 출색의 표백이다.

내부[71]가 있는 불의[72]. 내부가 없는 불의. 불의는 즐겁다. 불의의 주가낙락한 풍미를 족하는 아시나이까. 윗니는 좀 잇새가 벌고 아랫니만이 고운 이 한경[73]같이 결함의 미를 갖춘 감쪽스럽게 새치미를 뗄 줄 아는 얼굴을 보라. 7세까지 옥잠화 속에 감춰두었던 장분만을 바르고 그 후 분을 바른 일도 세수를 한 일도 없는 것이 유일의 자랑거리. 정희는 사팔뜨기다. 이것은 무엇으로도 대항하기 어렵다. 정희는 근시 6도다. 이것은 무엇으로도 대항할 수 없는 선천적 훈장이다. 좌 난시, 우 색맹. 아— 이는 실로 완벽이 아니면 무엇이랴.

68. 좌절.
69. 매도.
70. 점술에 정통한 사람.
71. 그 사람의 남편.
72. 의리나 도의 따위에 어긋난.
73. 한나라 때의 거울.

속은 후에 또 속았다. 또 속은 후에 또 속았다. 미만 14세에 정희를 그 가족이 강행으로 매춘시켰다. 나는 그런 줄만 알았다. 한 방울 눈물—.

그러나 가족이 강행하였을 때쯤은 정희는 이미 자진하여 매춘한 후 오래오래 후다. 다홍 댕기가 늘 정희 등에서 나부꼈다. 가족들은 불의에 올 재앙을 막아줄 단 하나 값나가는 다홍 댕기를 기탄없이 믿었건만—.

그러나—.

불의는 귀인답고 참 즐겁다. 간음한 처녀—이는 불의 중에도 가장 즐겁지 않을 수 없는 영원의 밀림이다.

그럼 정희는 게서 멈추나?

나는 자기소개를 한다. 나는 정희에게 분수[74]를 지기 싫기 때문에 잔인한 자기소개를 하는 것이다.

나는 벼를 본 일이 없다. 자전거를 탈 줄 모른다. 생년월일을 가끔 잊어버린다. 90 노조모가 이팔소부로 어느 하늘에서 시집온 10대조의 고성을 내 손으로 헐었고 녹엽천년의 호두나무 아름드리 근간을 내 손으로 베었다. 은행나무는 원통한 가문을 골수에 지니

74. 서로 작별함.

고 찍혀 넘어간 뒤 장장 4년 해마다 봄만 되면 독시[75] 같은 싹이 움 돋는 것이었다.

나는 그러나 이 모든 것에 견뎠다. 한 번 석류나무를 휘어잡고 나는 폐허를 나섰다.

조숙 난숙 감 썩는 골머리 때리는 내. 생사의 기로에서 완이이소[76], 표한무쌍[77]의 척구[78] 음지에 창백한 꽃이 피었다.

나는 미만 14세 적에 수채화를 그렸다. 수채화와 파과[79]. 보아라. 목저같이 야윈 팔목에서는 삼동에도 김이 무럭무럭 난다. 김 나는 팔목과 잔털 나스르르한 매춘하면서 자라나는 회충같이 매혹적인 살결. 사팔뜨기와 내 흰자위 없는 짝짝이 눈. 옥잠화 속에서 나오는 기술[80] 같은 석일의 화장과 화장 전폐, 이에 대항하는 내 자전거 탈 줄 모르는 아슬아슬한 천품. 다홍 댕기에 불의와 불의를 방임하는 속수무책의 나태.

75. 독화살.
76. 빙그레 미소 짓다.
77. 사납고 모질다.
78. 여윈 몸.
79. 16세 또는 64세.
80. 기묘한 솜씨나 재주.

심판이여! 정희에 비교하여 내게 부족함이 너무나 많지 않소이까?

비등비등? 나는 최후까지 싸워보리라.

홍천사 으슥한 구석방 한 간, 방석 두 개, 화로 한 개. 밥상 술상—.

접전 수십 합. 좌충우돌. 정희의 허전한 관문을 나는 노사의 힘으로 들이친다. 그러나 돌아오는 반발의 흉기는 갈 때보다도 몇 배나 더 큰 힘으로 나 자신의 손을 시켜 나 자신을 살상한다.

지느냐. 나는 그럼 지고 그만두느냐.

나는 내 마지막 무장을 전장에 내어세우기로 하였다. 그것은 즉 주란[81]이다.

한 몸을 건사하기조차 어려웠다. 나는 게울 것만 같았다. 나는 게웠다. 정희 스커트에다. 정희 스타킹에다.

그러고도 오히려 나는 부족했다. 나는 일어나 춤추었다. 그리고 그 방 뒤 쌍창 미닫이를 열어젖히고 나는 예서 떨어져 죽는다고 마지막 한 벌 힘만을 아껴 남기고는 나머지 있는 힘을 다하여 난간을 잡아 흔들

81. 습관적으로 술에 취하여 날뛰는 일.

었다. 정희는 나를 붙들고 말린다. 말리는데 안 말리는 것도 같았다. 나는 정희 스커트를 잡아 젖혔다. 무엇인가 철썩 떨어졌다. 편지다. 내가 집었다. 정희는 모른 체한다.

속달(S와도 절연한 지 벌써 다섯 달이나 된다는 것은 선생님께서도 믿어주시는 바지요? 하던 S에게서다).

정희! 노하였소? 어젯밤 태서관 별장의 일! 그것은 결코 내 본의는 아니었소. 나는 그 요구를 하려 정희를 그곳까지 데리고 갔던 것은 아니오. 내 불민을 용서하여주기 바라오. 그러나 정희가 뜻밖에도 그렇게까지 다소곳한 태도를 보여주었다는 것으로 적이 자위를 삼겠소.

정희를 하루라도 바삐 나 혼자만의 것을 만들어 달라는 정희의 열렬한 말을 물론 나는 잊어버리지는 않겠소. 그러나 지금 형편으로는 '아내'라는 저 추물을 처치하기가 정희가 생각하는 바와 같이 그렇게 쉬운 일은 아니오.

오늘(3월 3일) 오후 여덟 시 정각에 금화장 주택

지 그때 그 자리에서 기다리고 있겠소. 어제 일을 사과도 하고 싶고 달이 밝을 듯하니 송림을 거닙시다. 거닐면서 우리 두 사람만의 생활에 대한 설계도 의논하여봅시다.

3월 3일 아침 S

내가 속달을 띄우고 나서 곧 뒤이어 받은 속달이다.

모든 것은 끝났다. 어젯밤에 정희는—.

그 낯으로 오늘 정희는 내게 이상 선생님께 드리는 속달을 띄우고 그 낯으로 또 나를 만났다. 공포에 가까운 변신술이다. 이 황홀한 전율을 즐기기 위하여 정희는 무고의 이상을 징발했다. 나는 속고 또 속고 또 또 속고 또 또 또 속았다.

나는 물론 그 자리에 혼도하여버렸다. 나는 죽었다. 나는 황천을 헤매었다. 명부에는 달이 밝다. 나는 또다시 눈을 감았다. 태허에 소리 있어 가로되 너는 몇 살이뇨? 만 25세와 11개월이올시다. 요사[82]로구나. 아니올시다. 노사올시다.

82. 젊은 나이에 죽음.

눈을 다시 떴을 때에 거기 정희는 없다. 물론 여덟 시가 지난 뒤였다. 정희는 그리 갔다. 이리하여 나의 종생은 끝났으되 나의 종생기는 끝나지 않는다. 왜?

정희는 지금도 어느 빌딩 걸상 위에서 드로어즈의 끈을 푸는 중이오. 지금도 어느 태서관 별장 방석을 베고 드로어즈의 끈을 푸는 중이오. 지금도 어느 송림 속 잔디 벗어놓은 외투 위에서 드로어즈의 끈을 성히 푸는 중이니까다.

이것은 물론 내가 가만히 있을 수 없는 재앙이다.

나는 이를 간다.

나는 걸핏하면 까무러친다.

나는 부글부글 끓는다.

그러나 지금 나는 이 철천의 원한에서 슬그머니 좀 비켜서고 싶다. 내 마음의 따뜻한 평화 따위가 다 그리워졌다.

즉 나는 시체다. 시체는 생존하여 계신 만물의 영장을 향하여 질투할 자격도 능력도 없는 것이라는 것을 나는 깨닫는다.

정희. 간혹 정희의 훗훗한 호흡이 내 묘비에 와 슬

쩍 부딪는 수가 있다. 그런 때 내 시체는 홍당무처럼 화끈 달으면서 구천을 꿰뚫어 슬피 호곡한다.

그동안에 정희는 여러 번 제(내 때꼽재기도 묻은) 이부자리를 찬란한 일광 아래 널어 말렸을 것이다. 누누한 이 내 혼수 덕으로 부디 이 내 시체에서도 생전의 슬픈 기억이 창궁 높이 훨훨 날아가나 버렸으면—.

나는 지금 이런 불쌍한 생각도 한다. 그럼—.

—만 26세와 3개월을 맞이하는 이상 선생님이여! 허수아비여!

자네는 노옹일세. 무릎이 귀를 넘는 해골일세. 아니, 아니.

자네는 자네의 먼 조상일세. 이상以上.

11월 20일 동경東京서.

『조광』, 1937.5, 348~363쪽.

봉별기 逢別記

1

스물세 살이요—3월이요—각혈이다. 여섯 달 잘 기른 수염을 하루 면도칼로 다듬어 코밑에 다만 나비만큼 남겨가지고 약 한 제 지어 들고 B라는 신개지 한적한 온천으로 갔다. 게서 나는 죽어도 좋았다.

그러나 이내 아직 길을 펴지 못한 청춘이 약탕관을 붙들고 늘어져서는 날 살리라고 보채는 것은 어찌하는 수가 없다. 여관 한등 아래 밤이면 나는 늘 억울해했다.

사흘을 못 참고 기어이 나는 여관 주인 영감을 앞장세워 밤에 장구 소리 나는 집으로 찾아갔다. 게서

만난 것이 금홍이다.

「몇 살인구?」

체대[1]가 비록 풋고추만 하나 깡그라진 계집이 제법 맛이 맵다. 열여섯 살? 많아야 열아홉 살이지, 하고 있자니까

「스물한 살이에요.」

「그럼 내 나인 몇 살이나 돼 뵈지?」

「글쎄 마흔? 서른아홉?」

나는 그저 흥! 그래버렸다. 그리고 팔짱을 떡 끼고 앉아서는 더욱더욱 점잖은 체했다. 그냥 그날은 무사히 헤어졌건만—.

이튿날 화우畵友 K 군이 왔다. 이 사람인즉 나와 농하는 친구다. 나는 어쨌는 수 없이 그 나비 같다면서 달고 다니던 코밑수염을 아주 밀어버렸다. 그리고 날이 저물기가 급하게 또 금홍이를 만나러 갔다.

「어디서 뷘 어른 겉은데.」

「엊저녁에 왔든 수염 난 양반, 내가 바루 아들이지. 목소리꺼지 닮었지?」

1. 몸집.

하고 익살을 부렸다. 주석[2]이 어느덧 파하고 마당에 내려서다가 K 군의 귀에 대고 나는 이렇게 속삭였다.

「어때? 괜찮지? 자네 한번 얼러보게.」

「관두게, 자네나 얼러보게.」

「어쨌든 여관으로 껄구 가서 짱껭뽕을 해서 정허기루 허세나.」

「거 좋지.」

그랬는데 K 군은 측간에 가는 체하고 피해버렸기 때문에 나는 부전승으로 금홍이를 이겼다. 그날 밤에 금홍이는 금홍이가 경산부라는 것을 감추지 않았다.

「언제?」

「열여섯 살에 머리 얹어서 열일곱 살에 낳았지.」

「아들?」

「딸.」

「어딨나?」

「돌 만에 죽었어.」

지어가지고 온 약은 집어치우고 나는 전혀 금홍이를 사랑하는 데만 골몰했다. 못난 소린 듯하나 사랑의

2. 술자리.

힘으로 각혈이 다 멈췄으니까—.

나는 금홍이에게 놀음차[3]를 주지 않았다. 왜? 날마다 밤마다 금홍이가 내 방에 있거나 내가 금홍이 방에 있거나 했기 때문에—.

그 대신—.

우禹라는 불란서 유학생의 유야랑[4]을 나는 금홍이에게 권하였다. 금홍이는 내 말대로 우 씨와 더불어 '독탕'에 들어갔다. 이 '독탕'이라는 것은 좀 음란한 설비였다. 나는 이 음란한 설비 문간에 나란히 벗어놓은 우 씨와 금홍이 신발을 보고 언짢아하지 않았다.

나는 또 내 곁방에 와 묵고 있는 C라는 변호사에게도 금홍이를 권하였다. C는 내 열성에 감동되어 하는 수 없이 금홍이 방을 범했다.

그러나 사랑하는 금홍이는 늘 내 곁에 있었다. 그리고 우, C 등등에게서 받은 10원 지폐를 여러 장 꺼내놓고 어리석게 내게 자랑도 하는 것이었다.

그러자 나는 백부님 소상 때문에 귀경하지 않으면

3. 화대.
4. 주색잡기에 빠진 사람.

안 되게 되었다. 복숭아꽃이 만발하고 정자 곁으로 석간수가 졸졸 흐르는 좋은 터전을 한군데 찾아가서 우리는 석별의 하루를 즐겼다. 정거장에서 나는 금홍이에게 10원 지폐 한 장을 쥐여주었다. 금홍이는 이것으로 전당 잡힌 시계를 찾겠다고 그러면서 울었다.

2

금홍이가 내 아내가 되었으니까 우리 내외는 참 사랑했다. 서로 지나간 일은 묻지 않기로 하였다. 과거래야 내 과거가 무엇 있을 까닭이 없고 말하자면 내가 금홍이 과거를 묻지 않기로 한 약속이나 다름없다.

금홍이는 겨우 스물한 살인데 서른한 살 먹은 사람보다도 나았다. 서른한 살 먹은 사람보다도 나은 금홍이가 내 눈에는 열일곱 살 먹은 소녀로만 보이고 금홍이 눈에 마흔 살 먹은 사람으로 보인 나는 기실 스물세 살이요, 게다가 주책이 좀 없어서 똑 여남은 살 먹은 아이 같다. 우리 내외는 이렇게 세상에도 없이 현란하고 아기자기하였다.

부질없는 세월이—.

1년이 지나고 8월, 여름으로는 늦고 가을로는 이른 그 북새통에—.

금홍이에게는 예전 생활에 대한 향수가 왔다.

나는 밤이나 낮이나 누워 잠만 자니까 금홍이에게 대하여 심심하다. 그래서 금홍이는 밖에 나가 심심치 않은 사람들을 만나 심심치 않게 놀고 돌아오는—.

즉 금홍이에 협착한 생활이 금홍이의 향수를 향하여 발전하고 비약하기 시작하였다는 데 지나지 않는 이야기다.

그런데 이번에는 내게 자랑을 하지 않는다. 않을 뿐만 아니라 숨기는 것이다.

이것은 금홍이로서 금홍이답지 않은 일일밖에 없다. 숨길 것이 있나? 숨기지 않아도 좋지. 자랑을 해도 좋지.

나는 아무 말도 하지 않는다. 나는 금홍이 오락의 편의를 돕기 위하여 가끔 P 군 집에 가 잤다. P 군은 나를 불쌍하다고 그랬던가 싶이 지금 기억된다.

나는 또 이런 것을 생각하지 않았던 것도 아니다. 즉 남의 아내라는 것은 정조를 지켜야 하느니라고!

금홍이는 나를 내 나태한 생활에서 깨우치게 하기 위하여 우정[5] 간음하였다고 나는 호의로 해석하고 싶다. 그러나 세상에 흔히 있는 아내다운 예의를 지키는 체해본 것은 금홍이로서 말하자면 천려의 일실[6]이 아닐 수 없다.

이런 실없는 정조를 간판 삼자니까 자연 나는 외출이 잦았고 금홍이 사업의 편의를 돕기 위하여 내 방까지도 개방하여주었다. 그러는 중에도 세월은 흐르는 법이다.

하루 나는 제목 없이 금홍이에게 몹시 얻어맞았다. 나는 아파서 울고 나가서 사흘을 들어오지 못했다. 너무도 금홍이가 무서웠다.

나흘 만에 와보니까 금홍이는 때 묻은 버선을 윗목에다 벗어놓고 나가버린 뒤였다.

이렇게도 못나게 홀아비가 된 내게 몇 사람의 친구가 금홍이에 관한 불미한 가십을 가지고 와서 나를 위로하는 것이었으나 종시 나는 그런 취미를 이해할 도리가 없었다.

5. 일부러.
6. 천 번 생각에 한 번 실수.

버스를 타고 금홍이와 남자는 멀리 과천 관악산으로 가는 것을 보았다는데 정말 그렇다면 그 사람은 내가 쫓아가서 야단이나 칠까 봐 무서워서 그런 모양이니까 퍽 겁쟁이다.

3

인간이라는 것은 임시 거부하기로 한 내 생활이 기억력이라는 민첩한 작용을 하지 않았기 때문에 두 달 후에는 나는 금홍이라는 성명 석 자까지도 말쑥하게 잊어버리고 말았다. 그런 두절된 세월 가운데 하루 길일을 복하여[7] 금홍이가 왕복 엽서처럼 돌아왔다. 나는 그만 깜짝 놀랐다.

금홍이의 모양은 뜻밖에도 초췌하여 보이는 것이 참 슬펐다. 나는 꾸짖지 않고 맥주와 붕어과자와 장국밥을 사 먹여가면서 금홍이를 위로해주었다. 그러나 금홍이는 좀처럼 화를 풀지 않고 울면서 나를 원망하는 것이었다. 할 수 없어서 나도 그만 울어버렸다.

「그렇지만 너무 늦었다. 그만해두 두 달 지간이나

7. 점을 치다.

되지 않니? 헤어지자, 응?」

「그럼 난 어떻게 되우, 응?」

「마땅헌 데 있거든 가거라, 응.」

「당신두 그럼 장가가나? 응?」

헤어지는 한에도 위로해 보낼지어다. 나는 이런 양식 아래 금홍이와 이별했더니라. 갈 때 금홍이는 선물로 내게 베개를 주고 갔다.

그런데 이 베개 말이다.

이 베개는 2인용이다. 싫대도 자꾸 떠맡기고 간 이 베개를 나는 두 주일 동안 혼자 베어보았다. 너무 길어서 안됐다. 안됐을 뿐 아니라 내 머리에서는 나지 않는 묘한 머리 기름 때 내 때문에 안면[8]이 적이 방해된다.

나는 하루 금홍이에게 엽서를 띄웠다.

「중병에 걸려 누웠으니 얼른 오라.」고.

금홍이는 와서 보니까 내가 참 딱했다. 이대로 두었다가는 역시 며칠이 못 가서 굶어 죽을 것같이만 보였던가 보다. 두 팔을 부르걷고 그날부터 나서 벌어다가 나를 먹여 살린다는 것이다.

8. 편안히 잠을 잠.

「오-케-.」

인간 천국-그러나 날이 좀 추웠다. 그러나 나는 대단히 안일하였기 때문에 재채기도 하지 않았다.

이러기를 두 달? 아니 다섯 달이나 되나 보다. 금홍이는 홀연히 외출했다.

달포를 두고 금홍이 '홈식homesick'을 기대하다가 진력이 나서 나는 기명 집물을 두들겨 팔아버리고 21년 만에 '집'으로 돌아갔다.

와보니 우리 집은 노쇠했다. 이어 불초 이상李箱은 이 노쇠한 가정을 아주 쑥밭을 만들어버렸다. 그동안 이태가량-.

어언간 나도 노쇠해버렸다. 나는 스물일곱 살이나 먹어버렸다.

천하의 여성은 다소간 매춘부의 요소를 품었느니라고 나 혼자는 굳이 신념한다. 그 대신 내가 매춘부에게 은화를 지불하면서는 한 번도 그네들을 매춘부라고 생각한 일이 없다. 이것은 내 금홍이와의 생활에서 얻은 체험만으로는 성립되지 않는 이론같이 생각되나 기실 내 진담이다.

4

나는 몇 편의 소설과 몇 줄의 시를 써서 내 쇠망해가는 심신 위에 치욕을 배가하였다. 이 이상 내가 이 땅에서의 생존을 계속하기가 자못 어려울 지경에까지 이르렀다. 나는 하여간 허울 좋게 말하자면 망명해야겠다.

어디로 갈까. 나는 만나는 사람마다 동경으로 가겠다고 호언했다. 그뿐 아니라 어느 친구에게는 전기 기술에 관한 전문 공부를 하러 간다는 둥 학교 선생님을 만나서는 고급 단식 인쇄술을 연구하겠다는 둥 친한 친구에게는 내 5개 국어에 능통할 작정일세 어쩌구 심하면 법률을 배우겠소까지 허담을 탕탕 하는 것이다. 웬만한 친구는 보통들 속나 보다. 그러나 이 헛선전을 안 믿는 사람도 더러는 있다. 하여간 이것은 영영 빈빈털털이가 되어버린 이상의 마지막 공포[9]에 지나지 않는 것만은 사실이겠다.

어느 날 나는 이렇게 여전히 공포를 놓으면서 친구들과 술을 먹고 있자니까 내 어깨를 툭 치는 사람이 있다. '긴상'이라는 이다.

9. 실탄을 넣지 않고 소리만 나게 하는 총질.

「긴상(이상도 사실은 긴상이다), 참 오래간만이슈. 건데 긴상 꼭 긴상 한번 만나 뵙자는 사람이 하나 있는데 긴상 어떡허시려우.」

「거 누군구. 남자야? 여자야?」

「여자니까 일이 재미있지 않으냐 거런 말야.」

「여자라?」

「긴상 옛날 옥상[10].」

금홍이가 서울에 나타났다는 이야기다. 나타났으면 나타났지 나를 왜 찾누?

나는 긴상에게서 금홍이의 숙소를 알아가지고 어쩔 것인가 망설였다. 숙소는 동생 일심이 집이다.

드디어 나는 만나보기로 결심하고 그리고 일심이 집을 찾아가서

「언니가 왔다지?」

「어유— 아재두, 돌아가신 줄 알았구려! 그래 자그마치 인제 온단 말씀유, 어서 들오슈.」

금홍이는 역시 초췌하다. 생활 전선에서의 피로의 빛이 그 얼굴에 여실하였다.

10. 부인.

「네놈 하나 보구져서 서울 왔지 내 서울 뭘허려 왔다디?」

「그러게 또 난 이렇게 널 찾어오지 않었니?」

「너 장가갔다드구나.」

「얘 듣기 싫다. 그 익모초 겉은 소리.」

「안 갔단 말이냐 그럼.」

「그럼.」

당장에 목침이 내 면상을 향하여 날아들어 왔다. 나는 예나 다름이 없이 못나게 웃어주었다.

술상을 보아 왔다. 나도 한 잔 먹고 금홍이도 한 잔 먹었다. 나는 '영변가'를 한 마디 하고 금홍이는 '육자배기'를 한 마디 했다.

밤은 이미 깊었고 우리 이야기는 이게 이 생에서의 영이별이라는 결론으로 밀려갔다. 금홍이는 은수저로 소반 전을 딱딱 치면서 내가 한 번도 들은 일이 없는 구슬픈 창가를 한다.

「속아도 꿈결 속여도 꿈결 굽이굽이 뜨내기 세상 그늘진 심정에 불 질러버려라 운운.」

『여성』, 1936.12, 44~46쪽.

이상

1910~1937

20세기 한국 문학사 최고의 문제적 작가 이상은 이전의 한국 문학에서 다루지 않았던 다다이즘과 초현실주의를 시도한 모더니스트이다. 그는 자동기술법, 띄어쓰기 무시, 아라비아 숫자와 기하학 기호 삽입, 건축과 의학 전문 용어 남용 등 난해한 기법을 통해 현대인의 절망과 불안 심리를 형상화한 시와 소설을 선보였다. 본명은 김해경이며 서울에서 태어나 경성고등공업학교 건축과를 졸업했다. 건축 기사로 근무하는 동안 『조선』에 장편 소설 『12월 12일』을 연재하면서 작품 활동을 시작했다. 1933년 폐결핵으로 휴직한 뒤 '제비' 등의 다방을 운영하며 다른 작가들과 교류하고 『오감도』를 비롯한 다양한 작품을 발표했다. 1936년 결혼하기도 했으나 넉 달 뒤 돌연 일본 동경으로 건너갔다. 1937년 일본 경찰에 구속된 뒤 병세가 악화되어 그해 4월 스물여덟의 나이로 사망하였다.

날개

2017년 2월 2일 1판 1쇄 발행
2024년 7월 11일 5쇄 발행
지 은 이 이상
발 행 인 이상영
편 집 장 서상민
편 집 인 한성옥, 이다인, 이경은
디 자 인 서상민, 오소명
마 케 팅 박진솔
펴 낸 곳 디자인이음
등 록 일 2009년 2월 4일:제300-2009-10호
주 소 서울시 종로구 효자동 62
전 화 02-723-2556
메 일 designeum11@gmail.com
blog.naver.com/designeum
instagram.com/design_eum